SHOUSHANG
TIENIAO

空中惊魂 系列

受伤铁鸟

聚焦旷世劫难 破译轰动全球的空难真相

北京大陆桥文化传媒◎编译

重庆出版集团 ◎ 重庆出版社

图书在版编目(CIP)数据

受伤铁鸟 / 北京大陆桥文化传媒编译.—重庆：重庆出版社,2008.6

（高空惊魂系列）

ISBN 978-7-5366-9682-2

Ⅰ.受… Ⅱ.北… Ⅲ.飞行事故—世界—普及读物 Ⅳ.I25

中国版本图书馆 CIP 数据核字(2008)第 058635 号

受伤铁鸟

SHOUSHANG TIENIAO

北京大陆桥文化传媒　编译

出 版 人：罗小卫

策　　划：刘玲丽

撰　　稿：马巧云

责任编辑：饶 亚 罗 乐

责任校对：杨　婧

封面设计：天下装帧设计

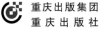 重庆出版集团 重庆出版社 出版

重庆长江二路 205 号　邮政编码:400016　http://www.cqph.com

北京大陆桥时代出版物有限公司制作

自贡新华印刷厂印刷

重庆出版集团图书发行有限公司发行

E-MAIL:fxchu@cqph.com　邮购电话:023-68809452

全国新华书店经销

开本:720mm×1 000mm　1/16　印张:14　字数:234 千

2008 年 6 月第 1 版　2008 年 6 月第 1 次印刷

ISBN 978-7-5366-9682-2

定价:28.50 元

如有印装质量问题，请向本集团图书发行有限公司调换:023-68809955 转 8005

前　言

鸟儿展翅飞翔，没有在天空中留下痕迹，但却在人类的心里种下了梦想。人类可以像猿猴一样在树林间攀爬，可以像羚羊一样在平原上奔驰，也可以像鱼儿一样在水里畅游，却不能如飞鸟那样在空中自由翱翔……也许正是因为对天空的向往，祖先们才在故事中虚构出无数可以腾云驾雾的仙人或者骑着扫把的女巫。

当然，人们自然不会只是满足于编造《天方夜谭》"飞行地毯"这样的故事。于是，世世代代的不断探索和勇于创造终于成就了人类历史上的伟大发明——飞机。自从20世纪初第一架带动力的、可操纵的飞机完成了短暂的飞行之后，人类在大气层中飞行的古老梦想终于真正成为现实。

而现代随着航空科学技术水平不断提高，飞机性能也在不断优化。人们越来越钟情于这种便捷舒适的旅行方式，飞机俨然将成为全球最为普遍的一种交通工具。

确实，不同于在地面或者是海上的旅行，空中飞行给人们平时所不能体会到的奇妙魅力。当身在万丈高空之上，你将不再羡慕翱翔在天际的飞鸟。窗外景色宜人，云层在脚下滚动变幻，云朵在空中热情绽放，轻盈而舒缓地在眼前构成一幅美丽的、洁白的画面，纯洁、惬意、忘我。在飞行的过程中，你还能享受到一流的空中服务。和蔼可亲的空乘人员，美味的食品，丰富的杂志书报，甚至可以参与高级的娱乐游艺活动。这样的飞行早已不是交通工具那么简单，它更多地变成了一种享受。

不过，飞机对人类的影响是双面的，正如那句老话——科技是一把双刃剑。自从飞机诞生的那一天起，"空难"就一直如同一个幽灵时时尾随其后，危及人们的生命。飞机构造精细，操作复杂，只有空中地面同时做到万无一失，才能保证安全飞行。如此"绝对"的要求导致的直接后果便是——只要有一个环节出错，就有可能成为大灾难。或许飞机上一个部件的小小裂痕就会让飞机失去顶盖；或许一个部件材料的不合格就会爆发空中烈焰；更或许在飞行中被荒唐地当做军事攻击目标而致使导弹来袭……虽然这种灾难发生的几率并不高，但它的破坏几乎是毁灭性的。翻开沉甸甸的空难史，一条条看似简明的事故记录背后却隐藏着受难者的惶恐、疼痛、悲伤、愤怒、甚至是冤屈……

但是，人们不会盲目地沉浸于悲伤中无法自拔，如同飞机的影响有两面性一样，灾难也有它存在的意义。每一次事故的发生，都是航空业者自我反省、自我检讨的机会，他们在失败中摸索着通往成功路，一幕幕命悬一线的危机更是教会了他们如何挽救更多乘客的性命。塞翁失马，焉知非福……

今天，就让我们回到这惊人心魄的时刻，进行一场空难的旅程……

大陆桥文化传媒

2008 年 3 月

目 录

1988年4月28日下午，一架波音737客机，从夏威夷群岛的最南端飞往瓦胡岛上的檀香山，遭遇强风，强风瞬间减压扯掉了35平方米的机身……

第一章

无顶客机

引 子

夏威夷群岛地处太平洋中心，是火山爆发形成的群岛，共由八个火山岛组成。这里全年气候宜人，来自不同方位的洋流将岛屿的温度及湿度保持在理想的状态。夏威夷有着独特的旖旎风光，富有阳光、水、风以及由于活跃的火山运动而产生的地热资源，而其洁净的空气和高耸的火山使夏威夷成为世界上最重要的天体观测站和天文研究中心之一。

当然，这里最为著名的就是发达的旅游业了。不过吸引观光游客的并非名胜古迹，而是它得天独厚的美丽环境，以及夏威夷人传统的热情、友善、诚挚。夏威夷风光明媚，海滩迷人，日月星云变幻出五彩风光。晴空下，美丽的威尔基海滩，阳伞如花；晚霞中，岸边蕉林椰树为情侣们轻吟低唱；月光下，波利尼西亚人在草席上载歌载舞。夏威夷的花之音，海之韵，为游客们奏出一支优美的浪漫曲。

夏威夷的一切都是美好的，一年四季，各种奇花异卉无不满山遍野绽放着，令人有赏心悦目。美丽的风光，友善的邻居，到处飘扬着和谐悦耳的歌声，是赋予观光者充实生活的地方。戴上当地人赠予的清香扑鼻的花环，会使你疲劳顿消……这里是人们梦想中的天堂。

有人生来喜欢穿越生死之间的狭窄区域，体尝那种刺激的感觉。比如冲浪者就爱追寻可怕的浪头。当然，偶尔，命运也会将那些对寻求刺激不感兴趣的普通人抛入同样致命的环境中，那时他们的生命将悬于一线……

美丽之行

1988 年 4 月 28 日，故事在夏威夷上空拉开了序幕。

希洛是夏威夷州最大的城市及最具历史的港口，位于夏威夷岛东岸，临希洛湾。这里的航空线路四通八达，近至全州各大城市，远到美国本土，再加上得天独厚的美丽海岸风光，所以来往游人络绎不绝。

下午 1 点钟，在希洛机场的停机坪上，阿洛哈航空公司的 243 号航班准备起飞。它的目的地是檀香山国际机场。檀香山地处北太平洋"十字路口"，是海、空交通枢纽，作为夏威夷州首府和港口城市，这里年接待游客 300 万—400 万人，而城西海滨的国际机场则是美国最繁忙的机场之一。

◎夏威夷风光

这架波音737客机只需35分钟就能飞抵瓦胡岛上的檀香山上空。每天它都要往返于夏威夷群岛之间,其实这样的任务并不轻松。飞机的航线虽短,但起降却非常频繁。单单在今天,这架飞机从清晨开始就在岛屿间往返飞行了八次了。马上就是它的第九次起飞。

下午1点钟,阿洛哈航空公司的243号航班准备起飞。坐在飞机头部驾驶舱内的

无顶客机

◎波音737客机

是负责本次航班飞行的飞行员，机长鲍伯·苏斯泰默和副驾驶米米·汤普金斯，他们被誉为阿洛哈航空公司最优秀的飞行员。

机长鲍伯·苏斯泰默已经在阿洛哈航空公司飞行了 11 年。他今年 45 岁，淡棕色的头发掺杂些许银丝，胡须浓密，淡蓝色的制服衬衫领口微微敞开，给人一种轻松的好感。但宝蓝色的眼睛流泻出深邃而严肃的目光，充分显示出了他专业的权威性。

鲍伯机长旁边的副驾驶位子上坐着一位精神饱满的女士，她就是 38 岁的副驾驶

米米 · 汤普金斯。她白皙的皮肤，高挺的鼻梁，轮廓分明，棕红色的短发更衬出她的活力。她那双褐色眼睛透出的冷静执著与专业，更增添了她作为一名职业飞行员的飒爽英姿。米米是阿洛哈航空公司有名的飞行员之一。不光因为她优秀的工作业绩，更因为她是一位巾帼不让须眉的女性。众所周知，飞行员考试难度是相当高的，除了要求人员本身具有良好的身体素质外，还得经过一系列严格的专业培训考核。在经历过重重考验后能留下的人可谓寥寥无几，而米米便是这其中少有的女性。她已有9年的飞行经验了，正有望升为机长。

此时的驾驶舱里，飞行员正和控制塔确认有关事项。客舱内，乘客们正在空服人员的引导下找寻自己的座位。夏威夷独特的地域特色，让这里的乘务员装扮也与众不同——简洁的白色衬衫搭配着红色的短裙。不过，最醒目的要属她们耳边插着的木槿花了，艳丽的颜色就像是夏威夷火红的热情。

◎客机飞行的路线

◎无意中发现裂痕的乘客

◎裂痕使她惴惴不安

243 号航班里的每一位乘务员都有很丰富的工作经验，但其中飞行时间最长的要数克拉拉贝尔·兰辛，大家都管她叫"CB"。很多经常搭乘飞机的人都很熟悉她。CB 已经飞了 37 年，时间比第一代喷气客机还早。她是客舱里的老大，任乘务长。米歇尔·本田，35 岁，她是位黄皮肤黑头发的亚洲人，那双独有的乌黑的眼睛，透出智慧与灵敏。本田的飞行时间有 14 年，现在的职务为副乘务长。此外，还有简·佐藤富田，飞行时间 19 年。

而这架飞机已经在夏威夷上空安全行驶了 19 年，完成了 89 000 多次任务，全球仅有一架 737 超过它的纪录。所以，乘客应该有理由相信，他们是安全的。

与大多数人轻松的神情不同，乘客盖尔·山本的脸上却透出一种紧张的情绪。她紧锁眉头，眼神中隐着些许焦躁不安。她时而忧虑不安地四处张望，时而小声与周围的人交谈，似乎有什么麻烦的问题。

客舱后部的 17 排上，帕特里夏·奥伯雷正在悠闲地望着窗外。乳白色的连衣裙显出她婀娜的身姿，微卷的披肩长发给人更加妩媚的感觉。帕特里夏住在希洛，不过今天在檀香山有个约会。最初她坐在了飞机的第一排，但落座没过一会儿，直觉让她向后挪了。帕特里夏看上去心情格外好，不过她万万没有想到，这个"跟着感觉走"的决定在几个小时后却成为了救她逃出地狱的绳索……

◎鬼使神差，更换座位救了她一命

无顶客机

消失的顶盖

下午 1 点 25 分，243 号航班开始起飞，所有人员各就各位。

这架飞机在起飞和降落时会产生震颤，不过机组成员和机上的老乘客对此早就已经习惯了，所以几乎没有人大惊小怪。这次的航班上，有许多乘客是几乎每天都要飞过太平洋上空的。比如第五排的霍华德·北冈，他是一名销售员，出于工作原因经常要在这片天空来回飞行。蓝天下的这片美景，他已经看了上百遍，于是这宝贵的 35 分钟他决定用来完成一些书面文件。在他的周围，更多的人则是利用这段时间小憩片刻。

◎按部就班，空乘人员正在为大家送饮料

◎飞行中的飞机突然盖顶脱落

11

无顶客机

这次飞行航程很短，在飞机爬升时，空服人员就在乘务长 CB 的带领下开始给乘客供应饮料。

下午 1 点 45 分。飞机已经飞了 20 分钟，高度为 7 315 米，已经达到了巡航高度。最为重要的工作顺利完成后，两位飞行员都慢慢放松下来。鲍伯机长在例行联络过了地面空管中心后，便与副驾驶米米闲聊起来。客舱也同样维持着好气氛，刚刚品尝过乘务员送上的带有本地特色的果汁饮品，大家都很惬意地享受这段虽然短暂但美妙的空中旅程……但是转瞬之间，这种安静平和的氛围戛然而止。

伴随一声剧烈的爆炸声，一道耀眼的亮光出现了，随之而来的狂风开始灌入机舱内部，飞机也不停地上下左右晃动，机舱内压力不断下降。这样的情况让驾驶室里的鲍伯机长险些不知所措，但他立刻回过神来，与副驾驶一同迅速戴上氧气面罩。

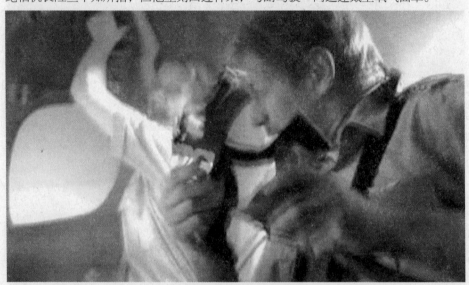

◎飞行员立即戴上氧气面罩

电光火石间，客舱成了人间地狱。乘客们顿时飞进了强风里面，风的力量大得不可思议，好多东西一下子就飞了出去。每个位置上方的呼吸面罩都自动落下来，可是人们已经惊恐地忘记该怎么办，只有无助地大叫救命。乘客的头发都被吹得直立起来，每个人都死死地抓住椅背，强风吹得他们紧紧地靠着座椅。风吹入的"呜呜"声，乘客的惊叫声，物品飞出外面的撞击声……一切都混乱不堪。

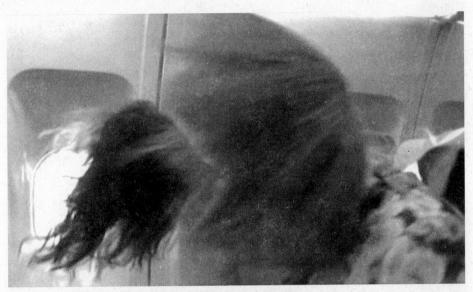

◎飓风把乘客的头发吹得直立起来

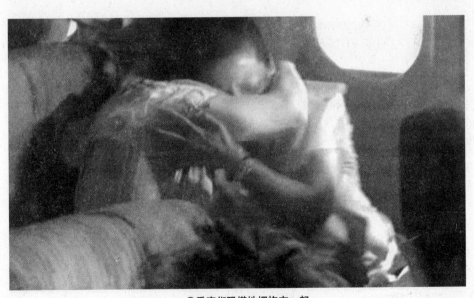

◎乘客们恐慌地拥抱在一起

13

◎被飞机碎片砸伤的乘务员，浑身是血

一个年轻的空服人员跌倒在过道上，被重物砸得昏了过去，头发被吹得飞了起来，脸上身上因为砸伤到处都是血。其余几位空姐都按照安全手册的规定蹲在地上，竭尽全力牢牢抓住座椅脚。她们知道，如果一不小心，就会如同杂物般被扔出飞机。站在第二排的简·佐藤富田被碎片砸伤；十五排的米歇尔·本田被甩到了地上；而克拉拉贝尔·兰辛则不见了踪影。

爆裂发生几秒钟后，机长鲍伯觉得必须迅速和地面取得联系，可是现在无论他用多大的声音喊话，米米都没有办法听到，强风的呼啸令机组人员无法进行沟通。

随即大家明白发生了什么。透过头顶杂乱的碎片，他们抬头看到了湛蓝的天空——原来，飞机的顶部不见了……

◎前排的乘客几乎是在空中飞行

原来，243号航班的机身因为瞬间减压，35平方米大小的覆盖面被扯掉了。前五排座位已经完全暴露在天空中，机身两侧的舱板都被撕掉了。所以对于坐在前排的乘客来说，现在真的是生不如死。他们周围的内墙和头上的舱顶已不知所踪，毫无安全感可言。不断有东西向他们砸来——小到飞机上的报纸杂志，大到餐盘水杯，可最致命的还是要数飞机的碎片，它们划破乘客的脸，乘客们鲜血直流。单薄的座椅在强大的吸力下显得那么不牢靠，无奈之下，他们只能匍匐在地上，地板成了他们唯一的救命稻草……

◎爆裂后的乘客抓住呼吸面罩，可是输氧管早已断裂

几秒种后，随着机舱内的压力完全消失，乘客们被吸出舱外的危险已经过去，但是他们仍未脱离险境。飞机的顶盖被掀掉了；乘客们没法吸氧，因为输氧管在飞机的晃动和强风的作用下已经被扯掉了。在7 300多米的高空，空气很稀薄，没有氧气，乘客们根本没法活动。在这样的高度停留的时间过长，身体就会垮掉。飞机顶盖不见了，时速328千米的狂风灌进机舱。大家都穿着春天的

◎飞机在失去盖顶的情况下飞行

无顶客机

◎空乘人员抱住受伤的同事

◎从客舱看不到驾驶舱

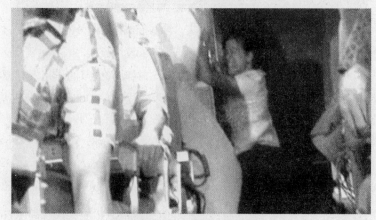

◎乘务员无法联系到驾驶舱

休闲服，可舱里的温度已经降到零下几十度。继续在这样的高度停留，危险会越来越大。寒冷和缺氧都足以致命。

现在救乘客的唯一办法就是迅速将飞机降低到适当的飞行高度。机长鲍伯·苏斯泰默接替副机长，负责飞机的驾驶。他开始紧急下降，每分钟下降 1 200 米，而飞机的速度也提高到每小时 500 千米。

在飞机急速下降时，乘客们又面临一个新的威胁。由于残片的阻挡，他们无法看到驾驶舱。在飞机爆裂时，机头向下塌落了 1 米左右。很明显，飞机的中间发生了弯曲，它拱了起来。现在的飞机仅靠一段狭窄的地板梁连接在一起。

米歇尔·本田顶着飓风，手扶着椅背艰难地移动着。可是她无法继续往前走到驾驶室，也就无从知道飞行员是否活着。于是，她试图通过内部通信系统与驾驶舱联系，可在不断大声呼叫后，米歇尔却没有得到任何回应——线路已经断了。

不行，驾驶室不会有问题的！她不断自我安慰着。可越是这样默念，心里就越是没底。在万般担心与无奈之下，她决定冒险通过那段毫无保障的走道进入驾驶舱看看究竟。但就在她好不容易鼓起勇气时，有人却问了一个她无法回答的问题——"飞行员还在吗？"

"不知道……"随着米歇尔自己说出答案的那一瞬间，她心中一直自我催眠的坚定意念顿时塌陷了，精神世界崩溃得一塌糊涂。原本只是涣散的眼神现在充斥着绝望，她像发了疯一样挨个走到每个人的身边用手捂着对方的耳朵大声喊："你会开飞机吗？"她对乘客说出的这话是任何一名航空旅客都不愿听到的。

这句话不是疑问，而是对乘客们命运的宣判。大家都惊恐万分——什么！？别开玩笑了，难道飞行员死了吗？那时候，谁也不知道驾驶舱里还有没有人，机舱内的气氛异常恐怖。

爆裂后两分钟，副机长米米·汤普金斯向檀香山空管中心求救——飞机要坠毁了！可是无论她尝试多少次也无法接通檀香山空管中心，于是，她切换到了毛伊岛卡胡卢伊机场塔台的频率。

所幸，这次她得到了卡胡卢伊机场的回应。下午 1 点 48 分，爆裂 3 分钟后，机组人员第一次与地面取得了联系，在简单报告后，请求地面准备紧急救援设备。此时 243 号航班位于梅基纳角东面，高度已经降到 3 300 米以下，机舱失压，情况紧急。他们能够尝试迫降的最近地点是毛伊岛，上面的卡胡卢伊机场位于两座火山之间。而

无
顶
客
机

在飞机和机场之间，横亘着一座3 000 米高的山峰。要想成功地从爆裂地点安全迫降到卡胡卢伊机场，飞行员必须小心操作，避开这座高山。可是这架脆弱的飞机能否承受住转弯时的应力，能否坚持飞到可以迫降的机场，这都是可怕的未知数……

机场消防中心。一分钟前还很安静的工作室现在响起了警铃声。消防部门刚刚接到一架737飞机迫降的任务。飞机距离大概只有32 千米，飞机失压，时间紧急，只有5 分钟。消防队员纷纷放下手中的事情，迅速准备完备后，所有救援车辆向2 号跑道驶去。此时，地面人员并不知道即

◎地面救援人员立即出动

将面对怎样的危机。对于这个小机场和其消防队员来说，他们从来没有接受过这么重大的任务，这架遇险的飞机无疑是一大考验。无论平时经历再多的训练，此时消防人员都没有十足把握，他们各个神情严肃。

◎消防车奔向机场

243号航班在山脉以西3 000米的空中飞行，机长降低了飞行高度，并且尽可能轻缓地向卡胡卢伊机场方向做右转弯。飞机在平稳地飞行……没有俯冲，也没有翻滚。惊恐不再那么强烈了，因为乘客之中有些是受过一些飞机驾驶方面的培训的，他们感觉到了有人在控制飞机。希望油然而生——有救了！

毛伊岛空管中心里，地面人员很难听清飞机上的声音，只断断续续地和飞机保持着对话。

爆裂发生4分钟后，飞机进入低空，航速也降到了每小时380千米多一点儿，驾驶人员摘掉了氧气面罩。风的噪音也在减小，驾驶室内的交谈变得顺畅起来。于是副驾驶米米准备向地面详细汇报飞机丢了一扇舱门，机身的左侧有个洞的情况。

不过塔台没有听到这个新情况，确切地说，他们没有听到任何来自243号航班的讯息，他们再次与飞机失去了联系。是因为无线电故障还是什么，谁也不清楚……在一般情况下，这不是什么好预兆，因为没有收到空中的任何消息预示着也许飞机已经坠毁。控制室里，只能听到联络员一次次的大声呼叫，可怕的寂静在不断扩散，工作人员全部屏住呼吸，期待来自空中的回答。时间缓缓流过，当失望越来越大时，喇叭里传来了机长回复的声音，虽然还是那么断断续续，但至少证明他们还活着！地面人员这才松了一口气。

阿洛哈243号航班得到准许降落的命令，风向040，风速20节。通讯恢复了，但机组人员的噩梦还远远没有结束，米米·汤普金斯试图通过内部通讯系统与座舱联系，可是线路早在爆裂时就已损坏。无法联络乘务员的副驾驶根本不知道后面怎么样了。飞机仍然在飞，机长却对飞机后面的受损以及乘客的情况一无所知。无奈之下，米米只好先和塔台联系，请求地面先派来救护车，做好救援准备。

还没来得及缓和一会儿，驾驶舱又有新情况出现了——飞机再一次剧烈晃动起来，鲍伯机长连握住操纵杆都变得无比困难，他突然意识到飞机恢复到手动控制了。在飞行员看来，这种情况预示着相当于汽车动力转向系统的飞机液压系统失效了。机身处于极大的压力之下。他们必须尽快降落。

在下降过程中，乘客们经受了极大的恐惧。在霍华德·北冈看来，他每年无数次在这片天空飞行，却没有料到自己会遇到这样的灾难。飞机继续颤抖着，就像是一只发狂的怪兽，仿佛要断成两截了，行李都从架上掉了下来，电线四处飞舞，情况相当混乱。随着机身一次次起伏颤动，人们爆发出一阵阵惊呼，他们害怕得互相抱成一

无顶客机

团抽泣着。霍华德的脑子里早就乱作一团，他能做的只是在脑海中不断默念——"别让飞机迫降在水上……别让飞机迫降在水上……"他的身边都有受伤或者失去知觉的乘客，不知道应该先救哪个，后救哪个。

其实，最令机组人员担心的是飞机的关键线路、控制线缆和重要部件是否受到损伤，所以，鲍伯机长决定先放下起落架飞行，虽然通过仪表板上的灯光得知，主起落架已经正常放下了，但是机头起落架并没有伸出来。这样的情况下，飞行员最不愿看到的事情就是机头起落架放不下来，因为飞机在跑道上降落的时候，可能会因此断裂，这样一来，飞机的油箱就可能破裂，从而导致可怕的大火和爆炸。

副驾驶米米再次尝试放下起落架，但前起落架指示灯还是没有亮。她变得急躁，反复用力按着按钮。无线电通讯十分糟糕，塔台仍在尝试了解乘客的受伤情况——即使飞行员一早就说过他们已经和客舱失去了联系。断断续续的声音让米米不耐烦——这该死的无线电通讯！无奈之下，她冲着对讲机大喊起来："我们的前起落架可能……可能放不下来了！"

坐在一旁的鲍伯·苏斯泰默正面临一个艰难的抉择——他是应该先确认起落架是否放下，还是该直接迫降？根据教科书上的说法，这时候飞行员应该驾驶飞机在机场上空盘旋，让空管人员看看起落架是否已经放下。等收到回复后，飞行员再在机场上盘旋一周，尝试降落。然而，对于一架随时可能断裂的飞机来说，这么"照章办事"的做法完全行不通。

"阿洛哈243号航班，风向050，地面的救援设备已经全部到位。"收到地面的回复后，可是飞机的前起落架指示灯还是迟迟没有亮，于是，飞行员通知地面空管中心他们决定在没有前起落架的情况下迫降到毛伊岛卡胡卢伊机场。其实，毛伊岛并不是受损飞机的最佳降落地点，在那儿降落过很多次的鲍伯机长深知这点——岛屿北部裸露的海岸正好位于季风的通道上。因为两边都有山，那条飞行通道风非常大，会导致降落的时候飞机颠簸得很厉害，不过他们也没有别的选择了。

灌入客舱内的风猛然变强，低温和强压让乘客们呈现出无比扭曲的痛苦表情。多年的工作经验告诉米歇尔，飞机正在为降落做努力，于是，她竭力从地面上爬起来，用双手紧抓着椅背走到乘客中间大声重复道："身体前倾，抱着自己，抱着自己，俯下身子！"——这是在飞机遇险时的安全动作。飞机在下降过程中会遇到干扰性气流，飞机的前部将承受巨大的应力，这是极其危险的情况，驾驶舱就很可能和其余的机身分开，导致机毁人亡。

◎飞机即将下降时乘客采取的安全动作

　　机场已经清晰可见，飞机开始减速，准备降落。鲍伯·苏斯泰默还有更为重大的决定要做。他命令副驾驶米米试着把副翼放到 15 度。飞机的副翼是机翼后部的活动板。为了增加起落时的升力，副翼在低速飞行期间都要被放下，收起副翼，飞机的控制会容易些。

　　等到飞机襟翼收回到 5 度后，鲍伯又让米米查询副翼呈 5 度降落时的速度。任何一架飞机的降落都有自己的特点。飞行员要考虑许多因素：风速和风向，乘客和可燃物负荷，以及跑道的长度。运用一个复杂的公式可以算出安全降落的速度参数。即使在如此危急的情况下，飞行员也必须查阅飞行手册。在飞机触地后完全展开副翼有助于飞机减速，但如果提前展开副翼，所产生的应力有可能使得机身断裂。鲍伯的脑中不断盘算着找寻安全落地的方法。他们平时没接受过处理类似情况的训练，所以在机顶部破裂后，就变成了试飞员，完全属于"摸着石头过河"。这时候飞机面临的空气阻力完全不同于正常情况，他们只能靠胆识来飞了。

　　飞机持续下降，风向 050，风速 20 节，副翼 1 度到 15 度，速度参数是 40 加 30。借助飞行手册，副机长进行了复杂的计算。鉴于卡胡卢伊机场 2 号跑道的长度，她得出的安全降落速度是 152 节，合每小时 282 千米。飞机速度降低了，控制起来却更难。鲍伯机长不得不进行另一次关键的选择。如果要通过加速保证飞机的控制，飞机的降

无顶客机

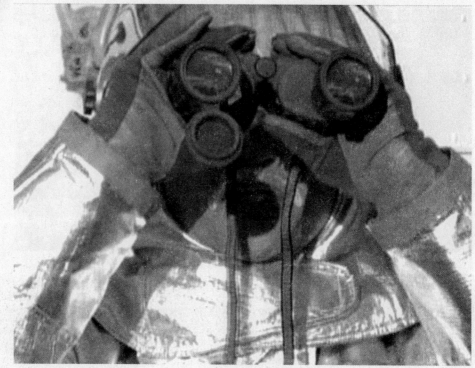

◎地面人员密切监视

落速度就必须高于安全速度。最终，他选择了高速降落。

　　地面上，急救小组正用望远镜密切注视飞机在空中的情况，他们已经准备好了应对最糟糕的情况，也许迎来的会是一场无比惨烈的空难事故——在没有前起落架的情况下，飞机如果高速迫降，就极有可能导致灾难性的燃油起火。这对机上的每个人来说，无异于被判了死刑。

　　就在飞行员准备孤注一掷高速迫降时，收到了来自地面的期盼已久的消息——起落架放下了！虽然指示灯并没有亮，但地面的监视人员确定地看到飞机已经放下前起落架了。机长备受鼓舞，随即确定机身接触地面后把副翼放到 40 度。此刻每一个决定都是攸关生死的，几秒后，他们就能知道自己的决定是否正确了。

　　自爆裂发生已经过去了 12 分钟，一些乘客认为他们将性命难保，乘客们互相安慰着，这也许是他们人生的最后一刻。

虽然因为幸运的巧合，帕特里夏·奥伯雷离开了原本在第一排的座位，但生命岌岌可危，恐惧仍然让她的思想一片混乱：她以为飞机会迫降在水上，人们会被鲨鱼吃掉……然后，山川出现在眼前，她又想到飞机可能飞不过去，要撞上山了……接着她又看到了机场，觉得所有人会被烧死，因为飞机很可能在接触跑道的那一瞬间爆炸……逐渐周围响起了诵读圣经的声音，让一直在胡思乱想的帕特里夏安静下来。她看着坐在自己身边的一位女士与其另一边的后一排的丈夫，他们伸出手，触摸着对方的手指，开始道别。以前只是在小说电影中才出现的凄美画面，这一刻就活生生展现在自己眼前，诀别的表情，让帕特里夏感动无比。生离死别，是的，他们真的要死了。

　　与周围的噪音明显反差，北冈平静得异常。也许有的人真正直面死亡时，反而会变得坦然。北冈闭上双眼，妻子温柔的微笑和孩子明亮的眼睛浮现在脑海里。他感到欣慰，他知道妻子和孩子能理解他的感受。比如"我爱你们""我担心你们"之类的话，什么都不必再说了，真心的爱早已在心中诉说了千遍万遍。

◎飞机顺利飞入跑道

终于，降落到了最后关头。尽管前起落架已经放下，但机组人员仍不确定它是否到位，是否会在触地后被压进来。如果起落架支持不住，那么这架重40吨、以320千米的时速冲向地面的飞机，将一头撞上跑道……无数疑问在鲍伯心中闪过，但现在顾及不了那么多了，当人背水一战时，总会有莫名的勇气与决心。就如鲍伯现在，他深吸一口气后，使出全身力量拉起操纵杆，飞机上所有的生命都在生死一线之间，他不由自主地闭上眼睛……

那是只有两三秒的极短的时间，却成为了最长的等待。本以为是一声巨响，本以为是热浪滚滚，本以为是惨绝人寰的呼叫呻吟……可是当鲍伯睁开眼睛时，迎接他的却是机场熟悉的平整的跑道。透过窗外看到大地的景色，一排排树木在蓝天下泛出绿色。那是最美丽的颜色，预示着生命和希望的颜色。喜悦再也无法掩饰，他和副驾驶米米·汤普金斯不约而同地笑了起来，他们成功了。

◎安全降落，飞行员如释重负

◎乘客惊奇地发现自己安全着陆

◎乘务员高兴的笑容"感谢上帝"他们都活着

无顶客机

◎飞机残破不堪，地面人员展开救援—1

◎飞机残破不堪，地面人员展开救援—2

◎乘客纷纷向机长表示感谢

◎乘客们激动地拥抱

与此同时，机场的控制室里爆发出兴奋的欢呼，连联络员也欢快地喊起来："阿洛哈243号航班，停稳之后关闭引擎！"声音兴奋得发抖，"一切顺利。起落架撑住了。消防车马上赶到，马上就到！"飞机竟然坚持飞行了13分钟，简直令人惊叹。人们互相击掌，以示庆祝。

飞机在跑道上的速度逐步变慢，随着发动机运作的声音戛然而止，阿洛哈243号航班稳稳当当地停在了毛伊岛卡胡卢伊机场。乘客们纷纷将深埋的头抬起，不敢相信地四处张望。几分钟前，他们还以为自己必死无疑呢，而现在所有人都安全地回到了大地上。

每个人都喜极而泣，这是自然。看着破损的飞机，看着那些还在流血的人，帕特里夏也摸了摸自己的脸，一边哭一边感谢着："我还活着，真不敢相信，我还活着。"在最后一刻，她换了座位，因此逃过了伤亡。也不知道那时自己为什么不坐那儿了，直到现在也弄不明白。也许真的只是巧合；又或者是在冥冥中得到了守护神的保佑，让她换座位。但总之，万分感谢……

飞机的破损情况令人难以置

信。没有受伤的乘客刚刚完成了紧急逃生，一些受伤的人还在机上等待救援。在跑道旁的空地上，死里逃生的乘客们都向他们的英雄，控制飞机的鲍伯·苏斯泰默和米米·汤普金斯表示感谢。他们还激动地拥抱着米歇尔·本田，这个在危难时刻还用身躯护着乘客与同事的勇敢乘务员……大家的心情松弛下来。

待救援全部完毕后，米歇尔·本田开始清点人数。她发现了一个令人担忧的情况，克拉拉贝尔·兰辛，那位有着37年飞行经验的老乘务员不见了。人们在爆裂发生的海域展开搜索，但是既没有找到尸体，也没有发现飞机残骸。

简·佐藤富田开始康复。乘客中只有7名受了重伤，最重的是颅骨骨折。那么，其余人是如何幸存下来的呢？其实，决定生死的就是他们的安全带。幸好所有乘客都系着安全带，不然的话，大部分人都会被吸出去，那样伤亡就大了。

此外，还有一个因素——在最关键的时刻，毛伊岛上的强风减弱了。虽然机身的前半部分丢失了，但在降落的时候，风居然很配合地停止了。若非如此，飞机是不可能成功降落的，它会断成两截。这样罕见的情况绝对是个奇迹，不得不感慨这架飞机的幸运。

裂纹惹的祸

　　这是航空史上的重大事件，还没有哪架飞机在受损这么严重的情况下成功降落过。连接驾驶舱和机身后部的只有地板梁。这真的是命悬一线。空难调查员仔细研究了机身，想知道飞机保持结构完整的原因。而他们得到的答案却出乎意料，飞机完整的关键因素竟然是爆裂的位置。机上人员能够成功逃生，原因是破损的部位在飞机的顶端。机头就要下弯时，穿过这里的这些结构发挥作用，让机身保持在一条直线上。尽管机身看上去摇摇欲坠，但整体结构是完整的。如果破损位置在下方，而机头朝着这个方向弯曲，那么整个飞机就会受压变形。然后，机头就会断裂。幸好破损的位置是在顶部，否则难以想象后果。

一架喷气客机的顶部怎么会突然飞走呢？

调查人员调出了飞机的维修记录，这相当于汽车的保养记录。很快，他们就将目光对准了飞机本身。而最好的证据就是那截失去的机身，它现在躺在太平洋的海底。无奈之下，调查人员将现有的线索仔细拼凑起来，希望揭开历史上最具戏剧性的空难事故的真相。

自波音 737 飞机问世以来的 38 年，波音公司已经对外售出了 5 000 架这样机型的飞机。受损飞机的出厂号是 152，于 1968 年 5 月下线。这架飞机的设计寿命是 20 年，相当于完成 75 000 次飞行。大部分飞行都是短途，不过它已经超过设计的飞行次数。由于频繁地做爬升运动而受到空气加压，它的机身长期处于受力状态。

飞机的机身是会变化的，在不同的飞行高度，机身会扩大或缩小。在地面上机身是收缩的，在 7 300 多米的高空，机身会扩张，所以，飞机的受力状态是循环的。时间一久，整体结构的坚固程度就会因此受损。从这架飞机的飞行情况来看，它的循环过程很快，所以事故应该和机身结构的牢固程度减弱有关。

如果是飞机本身结构导致事故的话，那问题就不容小视了。因为在全球范围内，每天仍旧有几千架737客机起飞，甚至在有些地方，平均每5秒就有一架737起飞。所以，必须尽快确定飞机爆裂的原因是什么。

美国国家交通安全委员会受命调查事故发生的原因。在华盛顿特区，吉姆·维尔德利是位冶金学家，同时也是美国国家交通安全委员会负责此案的成员之一。他接到通知后就赶紧坐飞机去了夏威夷。吉姆在第一时间内，从破损的机身上提取了样本，回到实验室。他发现了一些用肉眼无法探查到的情况——在原本铆钉所在的钻孔旁边，出现了蛛网裂纹。要了解这些裂纹的形成原因，必须从 737 客机的组装过程开始调查。

飞机用多片舱板打造而成。舱板相互重叠，通过一种名为环氧树脂的强力胶粘接。随着环氧树脂逐渐硬化，铆钉就将舱板固定在一起。在阿洛哈航空公司的那架飞机上，舱板相互重叠的部位有明显变色的迹象。这是重要线索。

这种黑色的材料就是环氧树脂，正是它把相互重叠的舱板粘合在一起，而白色的物质是机身的铝质外皮氧化后形成的锈斑。研究人员最初的想法是，把两块粘合在一起的舱板撕开的应力会首先施加在环氧树脂胶上，而不是铆钉上。当然，胶被撕开后，应力就随之作用在了铆钉上，尤其是最上面一排铆钉。这排铆钉已经出现了金属疲劳裂纹，从而导致那架阿洛哈 737 客机的机顶被掀翻。

无顶客机

◎飞机残骸-1

◎飞机残骸-2

◎飞机残骸-3

波音公司曾警示过包括阿洛哈航空公司在内的一些客户——要注意早期737飞机的问题。如果环氧树脂胶的工作温度不当，如果舱板上有湿气或尘土，胶都可能失效。其实这样的警示和服务通告早已说明了一些危险，而有些通告已经发出了15年以上。夏威夷地区气候潮湿，空气中盐分很大，这加速了外皮的氧化。可阿洛哈公司没有重视飞机生产商的警告，只是偶尔对飞机进行检查，而且时间往往在晚上。此时的检查员警觉性最低，工作环境的照明也不是自然光，因此，难以发现如此细微的裂纹。

　　这些裂纹如果不及时维修，这架飞机就变成了一枚定时炸弹，如同243号航班那样。

　　此外，还有其他问题。波音公司的服务通告以及联邦航空管理局发布的所谓适航指示，通常都晦涩难懂。适航指示复杂得就像法律文书。阿洛哈公司应该找个能读懂这些文件的人，把它们转换成易懂的英语，供机械师等人阅读，但这事一直没落实。

　　飞机的飞行如此频繁，而提供保养的机械师又不充分理解文件的内容，这就为灾难埋下了伏笔。现在，调查人员已经找到了飞机爆裂的原因，但还不清楚事情是如何发生的。

　　在吉姆搭机从夏威夷回到洛杉矶。还在飞机上的时候，收到消息说，他们要走访一位乘客，她在登上这架失事航班的时候看到了一道裂缝。没错，她就是盖尔·山本，那个上机时一脸异常显得无比担忧的女士。

　　就在事发当天，山本看见在飞机门的右边——那儿的漆是白色的，倒还没有裂开，只是上面的金属外皮和下面的外皮分开了。她本想告诉乘务员的，可他们很忙，而且自己得赶紧入座，所以什么也没来得及说。虽然在落座后仍然有机会，但凭着对航空公司专业性的信任，山本最终也没能讲出来。

　　目击者山本小姐的话给了研究组很大的帮助。联系她的证词，他们在这后面也看到了金属疲劳裂纹。两处破损最后连成了一条线。于是，一块舱板从这儿向下弯，另一块则横过顶部，一直撕到了右边。可还是有不对劲的地方。按照波音公司的设计，737和其他波音飞机根本不会出现这样的情况。机身上每隔3米，就会有所谓的加强筋来加固机身。如果出现裂纹，裂纹也只会延伸到下一条加强筋，形成一个90度角的裂口。尽管飞机上有个洞，但它却像个安全阀。加强筋的作用就是把机身外皮上的任何裂纹或者裂缝控制在3平方米见方的范围内。如果裂缝延伸到3平方米以上，就会影响更大范围的机身，导致机身爆裂。只要不超过3平方米，舱内压力就不会下降

无顶客机

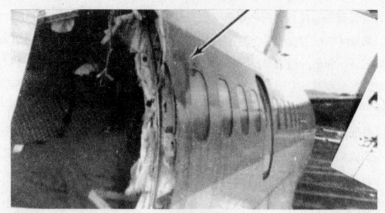

◎飞机损伤处

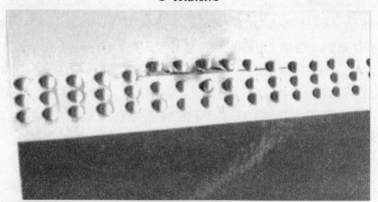

◎引起事故的小裂纹

◎调查人员对裂纹进行研究

太多，结构性破损也会被控制在很小的范围内。

那么安全阀为什么会失效呢？美国国家安全委员会认为，机身上的裂纹太多，这些裂纹连在了一起，甚至穿过了加强筋。阿洛哈航空公司的飞机有几个方面很独特：首先，它们的飞行距离都很短，所以以压力变化的循环次数很高，铆钉所在部位的应力反复地增减。其次，随着环氧树脂胶失效，所有的应力都施加在了铆钉上面，导致这些裂纹连成一片，然后飞机的顶部就爆裂了。

难道这就是243号航班失事的最终原因吗？有人对这起空难事件作出了新的解释。马特·奥斯丁是一名住在檀香山的工程师。243号航班的事情令他既震惊又感兴趣。他经常搭乘阿洛哈公司的航班，那架飞机出事前的一周，马特还坐过它。上面有些东西松了，感觉就像一部旧车又遇上了凹凸不平的道路，飞机哐啷哐啷直响，这种声音在新飞机上是听不到的。飞机着陆的时候那种噪音和震颤也是新飞机所没有的。他是爆炸动力学、压力容器爆炸方面的专家，知道它爆炸的原因……还有裂纹延伸的方式。对于阿洛哈空难，航空业主要关注的是飞机的结构问题，自己则是从压力容器失效的角度来分析的。

不过，马特在查看证据的时候，不断被一个问题所困扰。为什么CB·兰辛会被吸出飞机，而她的同事简·佐藤富田却没有呢？飞机爆裂时，简的位置比CB更靠前。简在第二排，CB则在第五排。美国国家交通安全委员会调查发现，机顶是从靠近第三排的地方裂开的。事故发生后不久搜集到的乘客证言表明，CB是向左前方被吸出去的，而不是正前方。后来，航班上的乘客也证实了这一点。CB飞出去的位置就是第11排。

刑侦证据证明了另一种可能的情况。麦克尔·斯维特曾经当过警察，现在是血液喷溅模式专家。研究犯罪现场的血污能够帮助警方将凶手绳之以法，或是还无辜者以清白。他查看了那架737客机的官方照片。在飞机左侧的一张大幅照片上，他发现在机头的这个位置，右侧窗户上有血污。分析人员认为，这处血污可能是CB的头碰撞机身外部所留下的。飞机外面的那些血污表明，这起事故中的那位遇难者在和飞机外部发生接触的时候，曾经被短时间地困住过。CB是从撕裂的洞口飞出去的，他认为她会立刻消失，而不会在飞机表面留下任何血污。这个分析表明她曾经被困住过，但并没有解释是怎样的情况，又是为什么会受困。马特·奥斯丁相信他知道答案。

从技术角度来看，调查人员认为事故的原因是由于养护不利而引起的金属疲劳。

无顶客机

但有人对此提出了部分异议。假如机身按设计打开了一个安全孔，而那个孔恰好在乘务员的头顶，情况会怎样呢？马特·奥斯丁认为CB被吸入了安全孔，而且暂时堵住了它。所有试图逸出的空气一下子无处宣泄了，从而形成了一个巨大的压力场，这才是飞机顶部爆裂的真正原因。他将这种现象称之为"液锤"。用科学的说法，空气和水一样，也是流体。

他在浴缸里进行了简单的演示。水是通过排水口出去的。把塞子向排水口方向移动的时候，它就会立即堵死排水口，继而产生一股力量，这就是液锤的原理。他认为这种现象在极大程度上就是这起事故的主因。这真的是一个惨剧，可如果不分析刑侦证据，人们就不会深入理解是什么导致了瞬间减压，进而避免类似事件再次发生。

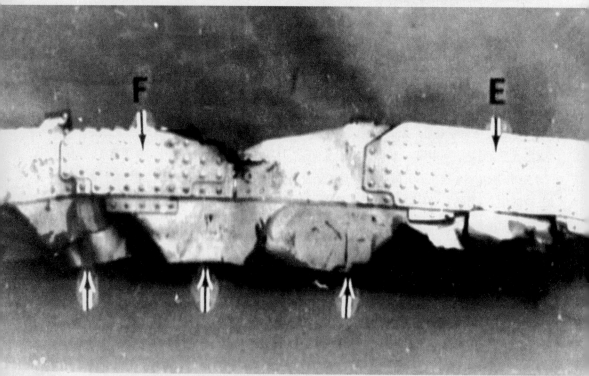

◎显微镜下的裂纹

对于美国国家交通安全委员会来说，液锤的说法在科学上是合理的，但他们更倾向于相对简单的解释——飞机上众多的薄弱点同时出现了问题。不过，安全委员会的调查从来没有真正停止过，他们还会考虑新出现的信息。就阿洛哈空难最可能的原因

◎裂纹破坏的机体

来说，1988 年所作出的解释没有问题，在这点上安全委员会一直没有改变过。

　　由于关键的物证始终没有找到，所以也许永远也不会有人知道飞机在爆裂的那一刻发生了什么。事后，阿洛哈航空公司的管理者认为，飞机维修部对此次事故要负主要责任。美国国家交通安全委员会也要求联邦航空管理局强化飞机维修标准。波音公司已经改进了他们的生产流程，以避免胶被污染。

　　243 号航班遭遇了不幸，但整个航空业却因此更为安全。不久之后，美国国会通过了航空安全研究法案。这起事故对航空业产生了深远的影响，也改变了人们对服役时间长的飞机的看法。整个航空系统改变了监督飞机老化的方式，改变了生产和检查飞机的方式……这件事对航空业震动如此大，也算是塞翁失马，焉知非福了……

　　那一天的故事并未就此结束。大海再也没有交出 CB 的尸体。为了缅怀这位乘务员，有关部门在檀香山机场的一个墓地中安放了一块石碑。在夏威夷广阔的蓝天下，她曾度过她一生中最美好的时光，而她的生命也在这里悄然离去。亡者安息……

　　虽然时间过得很快，但那惊心动魄的 13 分钟对 243 号航班上的生还者影响仍颇为深。霍华德·北冈不得不接受心理治疗，从那以后他就害怕坐飞机，完全是"一朝被蛇咬，十年怕井绳"啊！虽然有一句老话说得好："在哪里跌倒，就从哪里爬起来。"

无顶客机

可这话说起来简单，但要做起来真的是很不容易。

　　而帕特里夏·奥伯雷也在设法消除过去的恐怖记忆。她的方法是重游发生灾难的那个机场。她和她的心理医生一起坐飞机，她觉得自己一定得经受住所谓的减敏过程，直面自己的恐惧。虽然当时是在反复乘坐很多次以后，她对坐飞机才不会有不良反应，但她毕竟算是比较成功地走出心理障碍了。

　　其实对帕特里夏来说，经历了那段恐怖的记忆多少还是有所收获的。是在那件事发生之前，她在生活工作中一遇到不顺心的事，就会产生一种消极厌世的情绪。可那以后她慢慢知道，人生中的很多波折其实根本不算什么，活着比什么都重要……

　　这个世界就是如此神奇。有让人流连沉醉的美丽热带景色，也有让人痛彻心扉的凄惨事故场面；有遇到危险时舍己救人的英雄，也有生离死别时忠贞不渝的恋人；有的人被困难吓得从此无法站立，也有的人总结教训后直立起身板迎难而上。

　　已到傍晚。蜿蜒的海岸在菠萝树、棕榈树的点缀下像崎岖翠绿的山路远远延伸，温暖的海面映射着绚烂的夕阳，散布在岸边的五彩洋伞下面飘散出异国美酒的醇香……

1988年 7月3日，两伊战争，伊朗航空公司655次航班正准备从霍尔木兹海峡起程前往迪拜，途中遭遇美国火炮。这架伊朗客机的一次正常飞行变成了死亡之旅……

第二章
海峡惨案

引 子

霍尔木兹海峡位于亚洲西南部，介于伊朗与阿拉伯半岛之间，东接阿曼湾，西连波斯湾。远在古希腊时代，马其顿国王亚历山大派大将霍尔木兹雅率舰队出没于此，并在海峡中的一个无名岛上停泊。后来为了纪念这位舰队统帅，便把他的名字"霍尔木兹雅"作为海峡和那个无名岛的名字。"霍尔木兹"在波斯语中意为"光明之神"。

霍尔木兹海峡是连接波斯湾和印度洋的唯一水道，自古就是东西方国家间文化、经济、贸易的枢纽。险要的地理位置，也让它成了兵家的必争之地，特别在石油的能源价值被全世界认可之后，这里更是"世界重要的咽喉"。

世界进入了能源紧张的时代后，石油作为战略武器的重要性更加凸现。而中东作为目前世界上石油储量最大，生产和输出石油最多的地区，无疑成了备受野心家觊觎的地区。人类就是这样，无论披着多么文明的外衣，在利益的驱使下都会最终暴露贪婪的本性。为了达到目的不惜一切代价，包括军事手段。于是，"战争"二字再次笼罩了这片天空。

石油与战争，一个现代经济学与现代战争史的永恒话题。现代战争已经让石油与战争"难舍难分"，真正成为一对孪生兄弟。任何一场现代战争，似乎都摆脱不掉石油的影子。有人称：石油多的地方，战争就多。的确，二战后的中东，极少有过太平，的确与这里有石油密不可分。

但是，无论是正义的还是邪恶的，它的本质却从没有改变过——那就是无情地摧残着人类的文明，残酷地夺走人的生命。是的，战争和生命永远是矛盾的。无论它发生在多么文明的时代，血的代价终不会改变……

两伊战争旷日持久。原本这是石油输出国之间由领土、民族和教派纠纷而爆发的冲突，可后来美国以保护中立国油轮的名义派出了30多艘军舰，也卷入了争端之中，局势变得混乱无比。美伊冲突中，死伤无数。母亲们心碎到无法承担，女人们失去心爱的丈夫，儿童们失去父亲的庇护……都说生命是无价的、宝贵的，可到了战场上，它却成了最廉价的东西，可以随意摧残，不必负责……这其中，最让人们心痛不已、难以忘记的便是那场震惊世界的海上惨案——霍尔木兹海峡尸横遍野，无数无辜的人们白白断送性命——这景象把海湾的悲剧推向高潮……

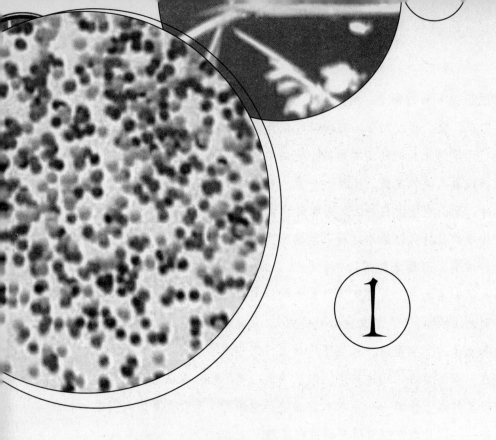

海上战场

　　1988 年，伊朗和伊拉克持续了 8 年的战争进入僵持状态。海湾烟云越来越浓，随着时间的推移，伊朗逐步占了下风，而美国则不放过任何一个可以制造任何借口的机会。

　　7 月 3 日的黎明，完成了一个月的巡逻任务以后，美国军舰文森斯号前往一个境内的港口，船员将在那里进行几天的休整。广阔无际的海面被朝阳镀上淡淡的金色，平和明净的美感对于长期处于紧张状态的战士来说是莫大的享受，船员们都期待着，希望能在 7 月 4 号尽情放松一天。不过，威尔·罗杰斯是个例外。他心中有些担忧，早早就醒了，因为美国高层说，这个周末伊朗军队可能会制造事端。

◎两伊战争海上炮火不断

◎局势紧张，海面上的大型战舰

海峡惨案

◎美国巡航舰文森斯号

　　在文森斯号的作战指挥部，观察员接到了另一艘美国军舰传来的战报。战报称，伊朗炮艇正在袭击一艘巴基斯坦商船。在那附近同属美军的蒙哥马利号好像出了一点情况。埃尔默·蒙哥马利号在霍尔木兹海峡附近值勤，位置在文森斯号的北侧。伊朗的炮舰经常在这里展开打击行动，然后从波斯湾逃离。

　　文森斯号的职责是保护空运编队。它配备了马克26导弹、鱼叉反舰导弹、5英寸火炮和"密集阵"近程武器系统，每分钟能发射3 000多发子弹。不过这艘驱逐舰最值得吹嘘的装备是高度敏感的雷达。相控阵间谍一号能够在300千米的范围内同时搜索并跟踪100多个目标。这点让所有文森斯号的船员非常自豪，他们觉得自己站在了一艘最强大最安全的战舰上，甚至觉得自己是不可征服的。

　　在作战指挥部，罗杰斯船长正在通过数字化的指挥控制系统研究眼前的局势。大屏幕上显示的图形和数据让他对眼前的战局有了更直观的了解。在罗杰斯右边，坐着维斯·高勒瑞中校，他是战术行动指挥官，负责指挥水面作战。刚刚他收到情报称

◎文森斯号的导弹系统

◎文森斯号引以为傲的雷达侦察系统

海峡惨案

有一些炮艇靠近了蒙哥马利号，另一些可能会靠近一艘商船，它们有向商船发动袭击的可能。

这些带有火炮的巡逻艇效力于伊朗革命卫队，独立于伊朗正规军，使命是维护伊斯兰教义。在 1988 年，伊朗平均每个月会袭击 13 艘外国油轮，他们的目的是阻止伊拉克和萨达姆·侯赛因出口石油。美军知道他们有火箭炮和机炮，同时也很清楚，如果自己进入了特定的区域，对方完全可以发射导弹，把他们都消灭掉。

◎伊朗炮艇都配有很强的火力

罗杰斯船长派出直升机前去侦察炮艇的动向，直升机的名字是君主号。君主号是西科斯基海鹰直升机，有两个发动机，可以执行侦察任务，进行反舰艇作战。没过多久，君主号就顺利找到了炮艇，它们并没有故意隐藏起来。只是，由于直升机离伊朗的船只太近，导致对方立刻作出回应，采取了武装反击行动。海面上有三艘侦察炮艇同时向君主号发射了火箭炮，炮弹在空中划出白色的轨迹，直飞向君主号。还好，飞机及时躲闪逃过了这一劫，可被火箭炮射击这件事完全出乎飞行员的意料，他立刻与战舰取得联系准备返航。

按照美国一贯的做法，罗杰斯船长决定进行反击。船长宣布进入备战状态，并向蒙哥马利号靠近，气氛立刻剑拔弩张起来。如果进入备战状态，所有舱门必须加固，士兵要做好防御准备，随时准备进攻。一旦进入这样的状态，士兵就要戴上头盔和防

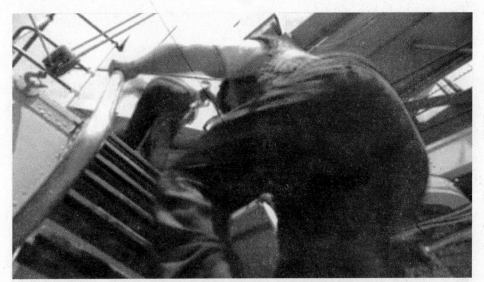
◎伊朗炮艇的袭击让文森斯号进入全员戒备状态

毒面罩，任何人都不允许在船上走动，战斗马上要开始了，要做好该做的事。

六分半钟以后，文森斯号武装完毕。此前船上的士兵已经进行过很多次演习，但今天是荷枪实弹的交锋。船以30节的速度向北方挺进，海军新闻报道组刚好记录下了这一幕。罗杰斯船长已经准备好向伊朗炮艇展开进攻。对文森斯号来说，这是它第一次执行任务，会有怎样的表现，此时尚难预料。

罗杰斯船长到波斯湾只有一个月的时间，不过已经有了"铁腕指挥官"的称号。他作风强硬，这艘战舰被戏称为"罗杰的驱逐舰"。

现在，它已进入了备战状态。其实，当直升机遭到了袭击后，文森斯号并没有直接反击，因为驱逐舰本身没有受到直接的威胁。况且，早晨的海湾弥漫着大雾，四处都是朦胧一片，很难判断伊朗军舰的动静。当然，罗杰斯船长不会被动挨打。如果对方表现恶劣，他们就有借口首先开战。

紧接着，海面上出现了炮艇的踪影。4艘伊朗炮艇以飞快的速度朝文森斯号冲来，摆出一副决斗的架式。它们开始在水面活动自如，风驰电掣，杀气腾腾。水面作战指挥官理查德·麦肯纳船长正待在位于巴林的战舰上，他立刻批准了来自文森斯号展开轰炸的要求。在美方看来事实就是如此，直升机的确遭到了袭击，所以他们必须作出回应。应付这样紧急情况的规定很明确，在当时的情况下，毫无疑问，必须予以还击。

45

海峡惨案

◎文森斯号正陷入和伊朗炮艇的激战中

◎如同往日一样，伊朗航空655号航班正准备起飞

◎迪拜国际机场

海峡惨案

◎655号航班机长莫森·瑞

◎飞行员们没有想到他们即将踏入战场

9 点 43 分，一场激烈的海战即将在波斯湾开火。两艘美国军舰作出反应，用火炮击沉两艘伊朗炮艇，击伤一艘。

在另一边，阿拉伯联合酋长国，迪拜国际机场。

这里是阿拉伯联合酋长国国内 6 个国际机场中最大的一个。作为波斯湾空中走廊的重要一站，它是由欧洲至美国飞往亚洲或非洲的必经之路，整个航线每天约有 250 架次民航班机运载 6 万名乘客飞越海湾上空。一年中，单是使用迪拜机场的乘客，就高达 400 多万人次，如果加上其他 5 个国际机场的吞吐量，可运载乘客 2 200 多万人。

此刻，在这条航线的另一端——伊朗阿巴斯港机场，标号为 A—300，编号为 655 的伊朗客机，已载着 290 名乘客和机组人员，正为飞行做准备。机上除了少数外国人之外，乘客大多是伊朗人。这是一次 28 分钟的短程飞行，他们将直飞海峡对面的迪拜机场。整条航线的全程为：德黑兰——阿巴斯港——迪拜。

37 岁的莫森·瑞担任机长。他从小的志愿就是做一名飞行员，所以非常热爱现在这份工作，总是乐在其中。莫森已经飞了很长时间，大概应该超过 1 万个小时了，经验丰富，有很强的驾驶能力。原定的起飞时间已到，但飞机却没有收到空塔的指令。因为一名外来移民乘客的信用卡问题，机组只好等待。

只是谁也没有想到，在 27 分钟后开始的飞行最终会成了一场死亡之旅……

海峡惨案

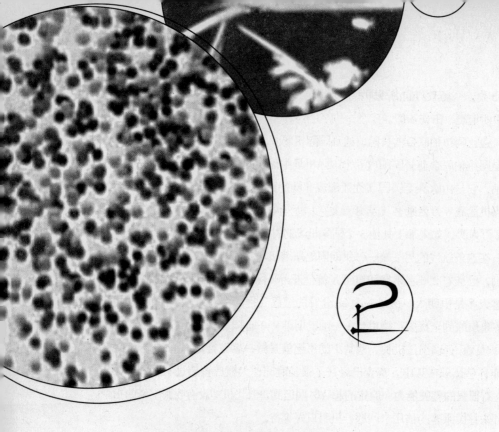

无辜的乘客

美国海军文森斯号和伊朗的炮艇展开了激战。由于使用了口径为12.5厘米的火炮，每一次发射都让船震了一下。毕竟那是在发射飞弹，所以会产生很大的后坐力。之前人们都觉得战争是很遥远的事情，即使是站在驱逐舰上也是如此。人人都觉得这种事不会发生在自己身上。没有短兵相接的厮杀拼喊，没有血流成河的震慑人心，但那一声声炮弹发射的巨响却很清楚地告诉人们战斗正在进行。

美军的战术是速战速决，让对方处在其射程内，自己又不至于挨打。文森斯号驱逐舰主要负责对付那些炮艇。而蒙哥马利号则主要负责牵制住飞机的火力。虽然伊朗炮艇很快进行了反击，不过他们的武器射程比较近，有心无力。加上文森斯号和蒙哥马利号的联合作战，双方互有损伤却又各不相让。

处于作战状态中的文森斯号此时全员高度警戒，就像是受伤的巨兽般敏感又危险，任何靠近美国船只的目标都将被看做威胁。指挥室内，海军少校斯科特负责提醒船长来自空中的威胁。突然，他在雷达上发现了一架身份非常可疑的飞机正朝文森斯号飞过来。

指挥人员得到一手信息——方位4472，伊朗侦察机P3，距离99千米，于是他们立刻用一种军用调频向这架飞机发出了警告，请求说明飞行意图。

其实这架P3只是执行侦察任务并没有攻击目的，而且飞行员已经承诺会和文森斯号保持一定的距离。不过即便如此，罗杰斯船长还是认为它可能就在附近监视自己。他很担心飞机会引来伊朗的空军，要求斯科特随时通报轰炸效果，还得紧盯P3，船舱里的气氛因此显得十分紧张。

与此同时，伊朗民航655次的乘客终于都上了飞机，并在5号跑道起飞。在7月3日这一天，有十次国内航班将飞往巴林。不过美国军方坚持认为伊朗会利用这条航线，所以警告驻扎部队高度警惕伊朗使用F-14战斗机展开空袭。

9点47分，伊朗航空655次航班起飞。

升空几分钟以后，美军就觉察到了655次航班的举动。文森斯号雷达上的荧光屏出现了一个亮而短的光线，这是一架似乎从阿巴斯起飞的机影映现的。阿巴斯是一个军民两用的机场，机影也存在着是民间飞机和战斗机两种的可能性。按照美国的说法，驱逐舰上的雷达只能确认空中出现的飞机，但并不能确认飞机的种类。于是，美国军官安德森开始通过敌我识别系统确定飞机的身份。所有大型飞机都有敌我识别系统，询问器会发射事先编好的电子脉冲码，友方的应答器会自动传回约定好的脉冲编码。

安德森开始确认这个闯入者的信号，以进一步知道它的身份。他按下按钮，向天空中发射了一道电脉冲。理论上来说，不久后脉冲应答器会自动进行回复。如果回复的模式和编码有误或者没有应答，即可确认是敌方。1、2、4型模式是军用飞机，而伊朗航空公司客机则应应答的是3型模式，识别代码为6760。

不过，实际的情况往往比书本来得复杂。当时的中东地区里，几乎所有的飞机都采用了3型模式，所以正确的回复，并不能说明它就一定是民用飞机。美方认为一架军用飞机也可以使用3型模式。价值高达几亿美元的尖端设备却对判明情况似乎不起什么作用，为谨慎起见，安德森接下来要做的是仔细核对一下当日的伊朗民航的商用

51

受伤铁鸟
SHOUSHANG
TIENIAO

◎战舰向空中发射敌我识别系统电波

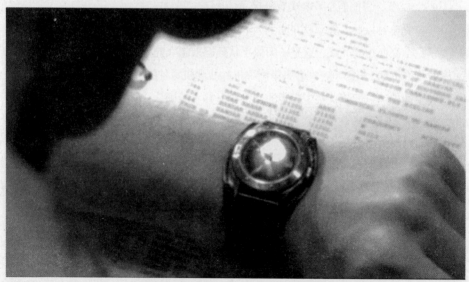

◎时间上的误差成为事故发生的一大原因

飞机航班表，查阅类似的定期航班，看看有没有客机前往。结果，他发现出现的机影比预定航班起飞规定时间晚 27 分钟的身份变得十分可疑。

安德森的神经开始紧绷，在没有别的方法证明飞行物的情况下，文森斯号一个军用调频直接和处在航线 20、速度 303 节 3 的不明飞机通话，要求其表明意图。可是在几次尝试通话后，战舰依然没有收到回音。飞机正向西南方向飞去，对着文森斯号的方向。

此时的文森斯号没有更换无线电频道，确切地说在当时的技术条件下，他们很难转换自己的调频。于是，只能使用国际遇险调频和"神秘飞机"通话，而 655 次航班还是一直都没有给予回应。时间就在这样的不停呼叫与等待中流逝，而 655 号客机仍旧以每分钟 8 千米的正常速度靠近文森斯号。

◎对照参考，不明飞行物是 F—14 战斗机

从发现机影仅用了 2 分钟，于 9 点 49 分，文森斯号就向不明飞机发出了警告。该舰 3 次用紧急民用频率、4 次用军用遇难频率，前后发出 7 次警告电报。为"宇宙盾"护航的驱逐舰"塞蒂斯"号也发了 5 次电报，但不明飞机既不通报名字，也不答复改变航线的要求。

9 点 52 分，飞机到达 30 公里的线内，舰长罗杰斯疑似"可能是敌机"，于是便下

海峡惨案

令"宇宙盾系统"做好发射准备。2枚"标准Ⅱ型"舰对空导弹被装上了发射台。电子计算机继而调整着导弹诸元。导弹本来是可以自动发射的,但为了等待不明飞机在最后关头退避,决定用手动发射。文森斯号用军用和民用两个频率又第二次发出警告。

突然,安德森发出警报,敌我识别信号显示对方是一架F-14战斗机。飞机回复的编码中既有3型编码又有2型编码,一个编码为1100。安德森查看编码表以后有了惊人的发现,1100意味着那很可能是一架伊朗的F-14战斗机。入侵侦测系统,4131传回的信号很可能是2型模式,编码1100,为F-14战斗机。

"疑似2型模式,为F-14战斗机!重复完毕!"安德森的话迅速传开,像一个导火索似的点燃了指挥舱的高度戒备感。各个部门都给飞机贴上了F-14战斗机的标签。船长也把它提到了战略高度。一念之间,黑白颠倒。一架普通的客机就堂而皇之地成了战斗机。在48千米外,搭载着290名乘客的大型客机已经爬升到了波斯湾的上空,飞机上的人完全没有想到自己已经成了军舰攻击的目标。

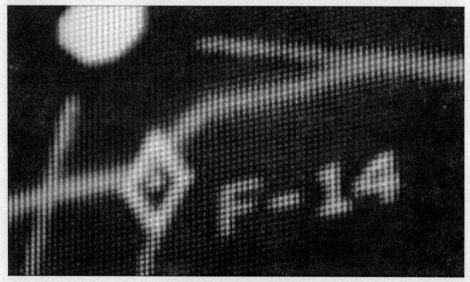

◎阴差阳错,伊朗客机成了F—14

美国驱逐舰的作战指挥部中,655次航班客机被当做具有攻击性的F-14,成了他们敌视的对象。在20世纪70年代,美国曾向伊朗出售过80架F-14战斗机。这是伊朗目前最先进的空中打击武器,文森斯号上的将士们以为自己将要遭到攻击,他们的心怦怦地跳,血压也在升高,肾上腺素不住地分泌,非常紧张。

斯科特少校是威尔·罗杰斯船长的反空袭作战协调员。当不明飞机只有48千米远的时候，他请求作战指挥部展开攻击。如果飞机没有打算离开，他想在32千米处下令把飞机炸落下来。因为如果距离只有32千米，对军舰绝对会构成威胁。在宽阔的海面上一般都不会靠得这么近。美方认为自己事前进行的多次无线电联络，已是充分的警告工作，现在他们已然没有了"坐以待毙"的理由。

现场的情况让罗杰斯船长十分紧张，他同时要面对来自飞机和炮舰的双重威胁。炮舰又开始了新一轮的密集进攻，火力猛烈，文森斯号的火炮被炸毁了。罗杰斯下令迅速掉头，用驱逐舰的尾炮对抗敌人的火力。于是，船体速度非常快地倾斜过来，很多人员来不及准备都摔倒了，为了不至于摔下去，船员们不得不要抓住点东西。房间里，放置的物品也都翻落了，摔得满地都是，一些甚至飞到了墙上……到处一片狼藉。

罗杰斯船长应付炮艇轰炸时，伊朗航空655次航班正向巡航高度攀升。因为处于战争时期，地面的空管中心还特意向机长瑞确认他的敌我识别系统，编码为6760，以便雷达能够顺利确认它的身份。

◎为了安全飞行，空管中心特意发出了安全编码

巧合的是，在相同的时刻，在文森斯号的作战指挥部，威廉·蒙特福德上尉突然发现不明飞机的识别编码变成了3型模式。他意识到这可能不是军用飞机，立即报告。

罗杰斯船长听到了他的提醒，虽然抬手示意，但仍觉得可疑。形式迫在眉睫，说不定下一秒他们就会被攻击，时间上完全不允许他在这个问题上纠结。何况，文森斯

海峡惨案

号已经向飞机发出了警告，而且不止一次，对方没有回复，错不在自己。

655次航班此时又向驱逐舰靠近了27千米，美国军方的警告一直在继续……客机像是中了邪似的，对警告毫无反应。不一会儿，它终于到达了距离驱逐舰32千米处的危险区域。船长罗杰斯似乎有了展开轰炸的理由，他眯起眼睛直视着显示屏久久没有开口。一旁的参谋则是一边担忧地看着雷达标记，一边催促道："要在32千米锁定目标吗？"

这句话不像是疑问，更带有浓烈的建议色彩。可是船长罗杰斯却没有马上作决定。当局者迷，他没想到自己会落入这样的境地。现在没有谁能准确地知道那架飞机的真面目。敌我识别系统也只是工具，如果敌人有心伪装，是完全可以办到的。而且刚刚回复的信号一会儿显示它是普通飞机，一会儿显示它是战斗机。更古怪的是，在主动联系警告多次后，飞机却没有任何回答……综合上面的观点，他们的驱逐舰是有理由实施打击的，不过，要是所有情况只是由于一系列误会而造成的呢？虽然罗杰斯知道这种几率很小，但并不代表不可能。想到这里，他否定了立即攻击的建议，他并不想把飞机炸下来。

可是，一个消息打消了包括船长在内的所有人的疑问。"飞机在下降！"战略信息协调员利奇上士突然高声喊起来，他负责保证所有交流渠道的通畅和战略信息的有效传达。而他讲的"下降"意思是说飞机在俯冲，这是典型的进攻方式。

随着对方飞机的接近，文森斯号舰可供采取手段的范围越来越窄。因为"标准Ⅱ型"导弹在10千米以内是无法使用的。如果对方进入10千米以内，到头来，只能使用那两门只在1 500米范围内有效的法兰克斯20毫米机关枪。需要保护舰还是尽快发射导弹？还是等到最后一瞬，只靠那两门法兰克斯机关枪？罗杰斯犹豫起来。

刹那间，一股肃杀之气扩张开来，战士们高度戒备，那一刻什么事都可能发生。"敌人"可能朝你扔炸弹，也可能会直接撞向你！实在太近了。

距离越来越近，24千米……21千米……人们似乎嗅到了死亡的气息，所有人都被推到了死亡线上，心里想着"天哪、天哪"，不知道接下来会发生什么。船员们纷纷低声讨论着，他们不明白自己的船长怎么没有像往日那样果敢，他还在等待什么？难道要任人宰割吗？不安的情绪越积越多……

火上加油的是海上才停一会儿的炮艇又开始进攻了，方位042，危险的处境更让人焦躁不安。

◎文森斯号终于向伊朗客机发射导弹

◎舰长的手一直放在取消发射的按钮上

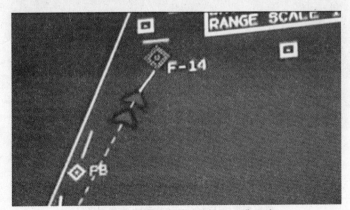

◎电脑显示 导弹正向着"敌机F—14"飞去

海峡惨案

"飞机仍在靠近，速度不断加快，一直在下降，距离 17 千米……"这不是汇报，而是求救。即使是军人，也无法眼睁睁地看着自己人被杀死而不还手！

必须采取行动了。最后时刻，罗杰斯船长终于为那一声"17 千米"而下定决心。他的脑海中闪过不久前美军中的一个血的教训，"史塔克号"事件。一年前，伊拉克的两枚飞鱼导弹击中了它，舰船被毁，37 名士兵毙命。因为指挥出现了严重的失误，史塔克没能进行有效的反击。它的船长遭到了谴责，最终被海军解雇了。这次，罗杰斯船长不想犯同样的错误。

很多时候很多情况下，时间都会逼迫人们必须要作出决定。当一架很有可能对你实施打击的飞机离你只有 16 千米的距离时，要么就是痛下决心，要么就是等死。所以不管怎样，千钧一发之际，罗杰斯船长决定开火了。

方位 4131，两枚飞弹升空，直奔目标……伊朗飞机 209，速度 353 节。罗杰斯通过国际救助调频进行了最后的警告以后，手指一直放在停火按钮上，以备在必要时取消攻击计划。

10 秒钟后，随着空中一声巨响，荧光屏上的机影和航迹立时消逝，宇宙盾系统显示目标坠落。

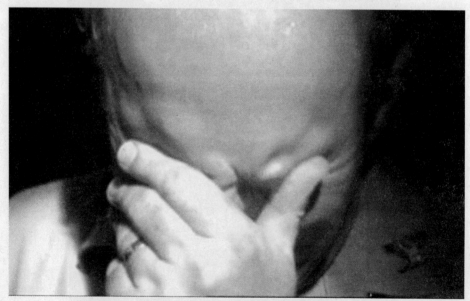

◎事实真相让威尔·罗杰斯船长内疚不已-1

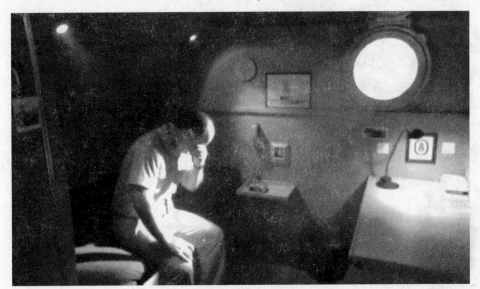

◎威尔·罗杰斯船长内疚不已-2

　　船桥上的士兵爆发出热烈的庆祝声，大家激动地互相拥抱在一起，并高唱凯歌。被看成是威胁的飞机被炸毁了，罗杰斯似乎成了挽救军舰的英雄。但真相永远是可怕的，罗杰斯并没有成为英雄，反而因为刚才的举动震惊了世界。

　　当天下午 2 点，据伊朗国家电台广播，伊朗航空公司 IR655 次航班空中客车 A—300，载着 274 名乘客于 7 月 3 日上午 10 点 15 分从伊朗南部阿巴斯机场起飞，驶向西南方 300 公里处的阿拉伯联合酋长国的迪拜。该机自 10 点 23 分向阿巴斯的指挥塔通报了位置之后，就从雷达的屏幕上消失了。该电台反复广播：A—300 起飞约 7 分钟后，就在霍尔木兹海峡的伊朗领土亨加姆岛附近海面上空坠落。

海峡惨案

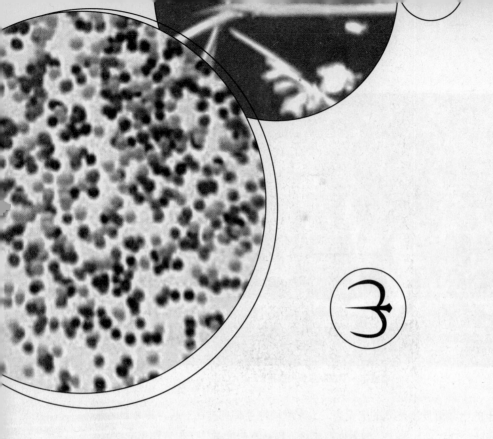

无人负责的惨案

霍尔木兹海峡一片触目惊心的场景。在伊朗普什姆岛东南海域，支离破碎的尸体漂浮在海面上，行李衣物以及飞机残骸碎片，蔓延了波斯湾足有四五千米长。海水泛出诡异的暗红，空气弥漫着哀怨的腥气，海天之间回荡着无辜者愤怒的吼声。

几小时后，伊朗的营救直升机拖着照明灯，把飞机坠毁的海域照得通明。海面上漂浮着数不清的尸体，惨不忍睹。经过几小时的奋战，伊朗蛙人从大海中打捞出150具尸体，其中包括38名印度、巴基斯坦、阿联酋和南斯拉夫等外国人。由于美国军舰文森斯号的罗杰斯船长指挥的严重错误，把一架客机误认为是F-14战斗机而进行打击，致使这架在国际航线飞行的客机搭载的290名平民和儿童，最终机毁人亡，机组人员和乘客全部遇难。

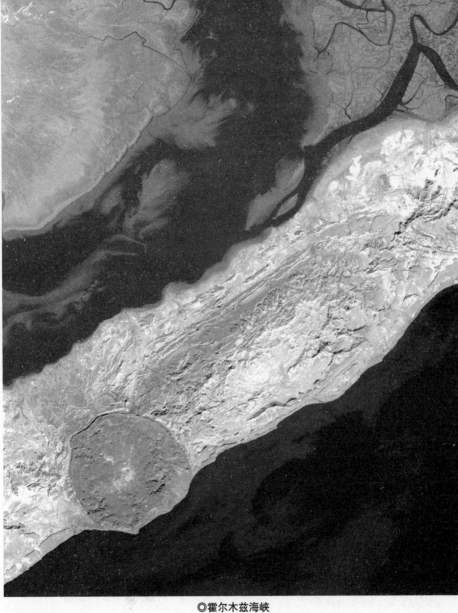

◎霍尔木兹海峡

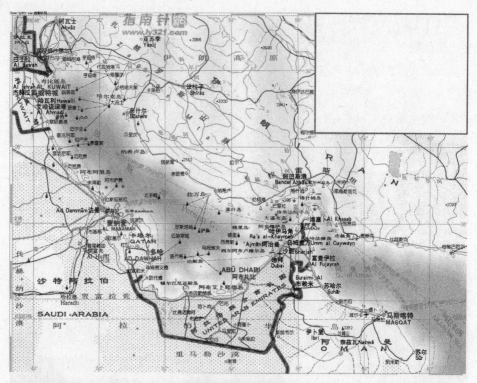

◎霍尔木兹海峡地图

◎被炸得粉碎的飞机 只剩下零星的部件

被打下的飞机不是战斗机，这一消息对罗杰斯来说无疑是晴天霹雳。尽管如此，但是这无法和死难者家属的悲痛相比。昨天还在身边谈笑风生的亲人、爱人一转眼就消失了，有的甚至尸骨无存。在为死难者建立的临时停尸房里，生者为死者哭泣。有的是年过古稀的老人，白发苍苍找寻一双儿女；有的是面容憔悴的妇人，撕心裂肺地呼唤自己的丈夫；还有一个个眼神茫然的孩子，他们小到对死亡一无所知，只是瞪大了无助的双眼四处张望，寻找父亲或是母亲的身影。

◎惨绝人寰 临时停尸房内满是死难者的尸体-1

◎惨绝人寰 临时停尸房内满是死难者的尸体-2

飞机机长瑞的哥哥侯塞因也

◎莫森·瑞曾经的幸福家庭

匆匆赶来，不幸的是，搜援人员却没有找到他弟弟瑞机长的尸体。失去亲人的痛苦，压抑的气愤，绝望的景象让他彻底崩溃了。他甚至欺骗自己不要去相信这一切。灾难对他家族的所有都还活着的人来说，简直是个晴天霹雳。特别是瑞的孩子和妻子，他们今后要怎样独自面对生活？所有的人没有一天不在讨论这件事情。他们都不明白怎么可能会发生这样的事情，为什么会发生这样的事情。

恶性的人为灾难事件引起了全世界的关注。各国政治、军事评论家纷纷发表了对

海峡惨案

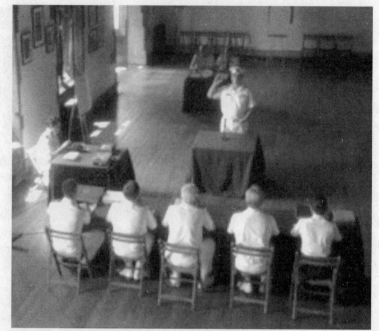

◎针对事故 美国军方举行的听证会-1

◎针对事故 美国军方举行的听证会-2

此事的看法、分析及判断。事件是真实的，总得有人来解释。美国军方最高负责人出面了，参谋长联席会议主席克劳就这件事会见了记者，也亲自承认美军的误炸。可是这样的发言根本说明不了什么。太多的疑问没有答案。人们想知道一个设备精良的驱逐舰为什么会发生误炸？

事隔两天后，一个由美国海军少将威廉·福格蒂率领的调查团起程飞往波斯湾进行为期15天的事故现场调查。6人小组7月7日登上文森斯号，受命举行了一次事故原因听证会，要求舰长与水兵们在宣誓后回答问题。整个听证会是完全按照《军事审判统一法典》进行的。新闻撰稿人罗杰·查尔斯曾是海军军官，他对此进行了调查。他受命调查时的第一反应就是这完全是场悲剧。查尔斯感到自己肩负着很重要的使命，有段时间他甚至整夜辗转反侧难以入眠。

在听证会上，罗杰斯情绪非常低落，他满眼都隐着悲伤。他曾经是一艘造价10亿美元的军舰的船长，叱咤风云，地位显赫。现在呢，只能坐在一张高高的桌子后面，等待他的是军事法庭的审判，他可能因为此次失误而坐牢。

福格蒂海军少将对文森斯号船员的行为进行了详细的审查。按照他们的说法，当655次航班在雷达上出现的时候，

◎655次航班晚点致使无法与时间表相符合

文森斯号正在和伊朗炮艇交火。而所有飞机只有保持在100千米以外才不会被看成是威胁。

随后，负责确认敌机身份的安德森查看了航班表，以确认这是不是一架客机。但是，他被弄糊涂了，航班表是根据当地时间绘制的，他不知道是不是应该参照巴林的时间，因为他们的船使用的就是巴林时间。而航班因为一名乘客的信用卡出了问题而延误了，耽误了大约有半个小时。时区不同又会造成半小时的时间差，所以，当安德森看航班表的时候，他没有意识到飞机实际的起飞时间比正常起飞时间差不多晚了一个小时。

海峡惨案

◎普通飞机和战斗机的编码同时出现

其实，敌我识别系统的首次解答本来可以解决所有问题，但人们却总习惯性地以怀疑的眼光去看待。可是，福格蒂海军少将明白，不管怎样，文森斯号都不应该把代表商用客机的 3 型模式与代表战斗机的 2 型模式弄混。原来，在 655 次航班起飞时，阿巴斯港机场的确停有一架 F-14 战斗机。于是，美国军方坚持认为这架飞机造成了安德森的判断失误。从客机起飞开始，安德森就通过雷达发现了它的位置。但是后来进行敌我识别时，机场上还有另一架飞机，这才会出现两种模式的混淆，把战斗机的信号当成了客机的信号。肯定是那架战斗机干扰了他的判断。事实很清楚，相信安德森获得的 2 型模式来自于那架位于机场的 F-14 战斗机。因为在客机起飞以后，战斗机也准备起飞了。

但伊朗方面明显并不同意这种说法，他们认为美军在强词夺理。即使不能在雷达上确认战斗机和客机的外形，也可以通过速度等方面进行区分。

在当时获悉出现了 F-14 的情报以后，罗杰斯舰长就紧张起来，也许认为 7 月 4 日的休假会受到影响。此时，他确信伊朗军队已经从海上和空中向文森斯号展开了夹击。在谈话中，他陈述了进行轰炸前曾经犹豫了很长时间，为的是想再获得一些更确切的信息。敌我识别系统只是个参照，情报人员应该向他提供更有用的东西，而不是编码 1100 代表这是 F-14，还是其他什么飞机……罗杰斯没有想到，那短暂的犹豫给了自己莫大的帮助。

可是，如果文森斯号发出了 10 次警告，为什么客机没有回应呢？肯定是出什么事了。毕竟瑞是个机长，肯定知道做了回应就能够证明这是一架商用客机，但他没有回应。

后来调查人员才知道，文森斯号用军用求救调频发出的 7 次警告，655 次航班是收不到的。客机上根本没有安装可以接收这种无线电波的装置，他们不需要接收来自军用求救调频的信号。用不着，因为它是一架运输用的商务客机。

而随之文森斯号用民用求救调频发的 3 次警告，却也因为对话的失误而被伊朗 655 次航班忽略。美方认为，因为文森斯号的话务员对空中的呼叫是"速度为 350 节"，说的是飞机的地面速度。可瑞机长此时看的是空中速度，测空中速度和测地面速度是两种不同的计量方式。655 次航班的空中速度要比地面速度慢 50 节。所以，机长没有明白这是在和自己通话，他没有理解文森斯号的意图，甚至以为根本不是在同自己的飞机交涉。

如果 655 次航班在飞行的过程中，能接收到敌我识别系统的信号，机长就可能会知道美国的战舰是在和自己通话。因为这个信号是确认飞机身份的重要标志。但是美国海军并没有要求士兵在使用无线电通话时同时发射识别信号。而身为船长的罗杰斯却因为等不到回音而承受着巨大的压力。他一直看着屏幕，一直等到最后时刻才下令发动进攻，如坐针毡地等待那个时刻。

经过了长时间的思想斗争，最终他选择了发动攻击，而进攻的目的是想保护他的船员和军舰……整个过程了然于此。

可惜，美国对炸机事件过程和原因的说明并没有得到伊朗的认可。双方还有另一个较大的分歧，就是导致所有人直接认为客机是战斗机的关键情报——飞机在下降。

情报人员称他看到不明飞机的运行轨迹时，可以确认飞机此时是在下降的。这条信息至关重要，飞机下降则意味着是在俯冲准备攻击。可实际上，那架飞机一直都在爬升。就像飞机的黑匣子一样，文森斯号的电脑记录了战斗指挥部屏幕上所有的数据。数据表明飞机从来没有下降过。这是个很让人吃惊的事情，船员们一时都无法相信。

福格蒂找来了一些包括心理学家在内的医疗小组对他们进行了检查，最终确认有些人出现了一些心理问题。实际上，如果人特别担心会发生什么事情，在潜意识里就会觉得它真的发生了，的确会出现这种情况。所以也许一个人在看屏幕的时候明明显示的是上升，却偏偏把它说成下降，这样的事情是有可能的。

没错，"有可能"。不过，这样轻巧的解释即使是对福格蒂自己来说都有些勉强，更何况是伊朗方面。他们表示质疑，认为这完全缺乏根据。但不管怎样，从一些确凿的证据可以看出，655 次航班的确没有下降。

对此荒唐的出入，当时同在文森斯号指挥室的斯科特少校也很困惑，他越来越觉得数据和仪器对参谋来说根本就是形同虚设的。因为他们依靠的都是专门负责某些工作的人。他们在短时间内突然跟我说飞机在下降或上升，自己是没有理由去怀疑的。

海峡惨案

因为他有他的工作，参谋必须要向作战指挥官提出作战建议。也就是说，斯科特少校相信战友的判断，而罗杰斯船长相信斯科特的判断。

部队是整体的力量，每个人各司其职。罗杰斯船长对斯科特少校的判断充满了信心，相信飞机是一个威胁，它距离我们只有 9 千米。他不能再做任何延迟战舰的防御措施了，所以同意开火……

福格蒂通过他询问的证词和所做的调查，确信罗杰斯给自己的理由是充分的，而且福格蒂在很多年后依然也觉得罗杰斯的决定是正确的。"在当时的形势下他只能这么做。我相信他这么做的原因是要保证自己的战友和军舰不受攻击。"

一个月以后，福格蒂海军少将的调查结束了。这是美国对这起事件的解释：先进的武器提供了正确的数据，但是恐惧让一些人出了错。

不管调查结果是否能自圆其说，美国总统里根还是把它庄重地公之于世。他们的结论是：655 次航班被炸事件不是由操作人员的工作失误或疏忽造成的。罗杰斯船长在情非得已的情况下做了该做的事。他们甚至把责任推给了伊朗，认为伊朗不应该在战争区域开设飞机航线。于是，美国配备先进武器的军舰无奈之下炸毁了伊朗搭载290 名平民的客机，事件过后，几乎没有人受到惩罚。美国士兵成了所谓的英雄，全世界为之哗然。

伊朗精神领袖霍梅尼对伊朗人说："我们应该全都赶赴前线对美国及其代理人发动一场全面的战争。"

伊朗总统哈梅内伊称里根是杀人犯，并说："这次袭击是一项野蛮而残酷的犯罪。"伊朗在世界各国首都的外交官重复了在德黑兰发出的报仇誓言。伊朗驻联合国大使说："这不是一次误会，这是一次预谋的袭击，是残酷的谋杀。"

◎他们的亲人在这里无辜丧命

◎失去亲人的痛苦无法忘怀

◎海面上漂浮的寄托哀思的花

海

峡
惨
案

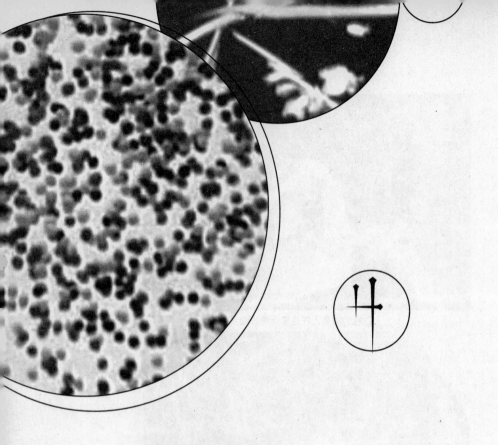

黑白颠倒

1988 年 8 月，这份调查报告正式出版，但是其中对一个重要的细节没有做出解释。那就是当客机被炸事件发生时，文森斯号已经入侵了伊朗的领海。于是，罗杰·查尔斯以新闻记者的身份对入侵事件做了说明，他把原因归结到了没有地图上。他知道，在福格蒂的报告中没有提到地图。这引起了他的好奇。为什么会没有呢？

查尔斯认为罗杰斯船长在听到伊朗的炮艇袭击商船的时候，文森斯号刚好位于蒙哥马利号的南方。罗杰斯向理查德·麦肯纳船长请示支援蒙哥马利号，后者是他的指挥官，但是麦肯纳只是让他派直升机前去侦察。然而麦肯纳船长后来发现文森斯号已经向蒙奇马利号靠近了。根据当事人的一些证词，查尔斯了解到麦肯纳船长曾要求

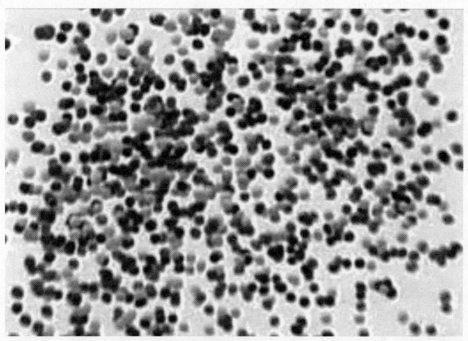

◎迎接英雄凯旋的气球

◎杀人凶手得到了英雄般的待遇

君主号直升机独自执行任务，并让文森斯号立刻返回。

理查德的观点是，他们去支援蒙哥马利号的时候，的确是想采取一些军事行动。而他觉得事态还没有严重到那样的程度，没必要这样做。所以才下令让他们回来。他觉得当时自己的人可能是想去找麻烦的，而他不想让手下惹是生非。多一事不如少一事，相信正常人也会这么想。当然后来又出现了其他情况，直升机遭到了攻击，文森斯号可能想要保护自己的直升机，在理查德看来，这当然是一种正常的自卫。巡航舰立刻对炮舰展开追击，结果却忽视了地理位置。

1990 年，罗杰·查尔斯又获得了一份 655 次航班被炸事件即霍尔木兹海峡惨案的报告复本。查尔斯在一张地图上标注了他们的位置，惊奇地发现，惨案发生的那一刻，文森斯号已经侵入了伊朗领海 4 千米。这算是美国对入侵伊朗领海事件的默认，但把原因归结到没有地图上，这显然缺乏说服力。

如果罗杰斯没有下令让文森斯号袭击炮舰，也许就不会发生 655 次航班被炸事件了。这是显然的。他们也就不会发生海战。文森斯号的雷达上也就不会出现误判，后来所有事情也就不会发生了。如果他们处在合适的位置上，也很容易辨别出那是一架客机。

更让世界震惊的是，文森斯号的船员居然受到了英雄般的欢迎和嘉奖。向船长建议轰炸伊朗平民客机的斯科特少校获得了海军荣誉勋章。下令向客机发射导弹的罗杰斯船长获得了优秀军人奖章。两个人都从海军光荣退伍……

多年来，伊朗一直在进行多方的斡旋和努力，极力要求国际海牙法庭认定美国击落伊朗民航客机事件属于蓄意制造的犯罪行为，可最终他们只得到了美国向伊朗和这起惨案中的受害者家人给予的一亿多美元的赔偿。正义，在这个强权即公理的时代并没有实现。

事故的结束并没有让悲痛停止，毫无公正可言的仲裁在死难者家属的心头又深深地刺下一刀。他们每年都会来到这片海举行纪念活动，浸在无尽的悲伤之中的日子难以自拔。失去亲人的痛苦和亲历惨案的悲愤一直在折磨着生者。

清晨的霍尔木兹海峡永远都是云雾弥漫，不会有肆无忌惮的怒吼狂风，也不会有灼热难奈的无情烈日，平和柔顺，就像这里的百姓。海鸟的鸣叫与此起彼伏的波涛声更衬出这里的宁静。侯赛因独自站立在那儿遥望远方，然后缓缓地将手中的百合抛进海里。

◎这片海是弟弟生命终结的地方

◎悲伤永远无法离去

海峡惨案

　　白色的花朵在空中划出优美的曲线，轻落入水，随波逐流，花瓣因为清洌的海水更显明亮。侯赛因盯着它出了神，那个白色越漂越远，越来越小……随后被吞噬了，消失在血红色中。灾难的惨象又浮现在眼前，海面上漂起的尸骸是让人永生难忘、刻骨铭心的痛。

　　一群无辜的、鲜活的生命在阳光下带着微笑和脆弱走进陌生的战争，在还没有意识到的时候，战争就走来了，死神也向他们招手了，转眼间战火横飞，血肉模糊，生命在一瞬间就消失了。没有人会忘记这件事的。在那一天，很多印度人、阿联酋人和巴基斯坦人都失去了亲人，大家都记得。

　　那一天永远刻在了人们的心里，也影响了今后的岁月。他们不能让自己的亲人没有任何说法地这样悲惨地死去，他们在寻找一个答案，没有放弃……

1989年7月19日，一架DC-10客机从

科罗拉多州首府丹佛飞往芝加哥，飞行一小时后，

一台发动机突然出现故障，285名乘客必须在衣阿华

州的苏城机场紧急迫降……

第三章

紧急迫降

引 子

　　美国科罗拉多州，首府丹佛市位于科罗拉多前山地区，一片紧邻着落基山脉的平原上，形成丹佛—奥罗拉大都会区的核心。

　　丹佛地处内陆，终年风和日丽，气候宜人，以盛产康乃馨著称。丹佛的旅游业相当红火。这里一年中有300多天都是阳光普照，空气清新，到处生机勃勃。市区拥有200多个公园和数十条林荫大道，生活空间充满了绿意，城内至今还存留着19世纪初的模式：坚固的城墙，古老的宫殿，高大的教堂，狭窄的马路。市中心为州议会大厦，周围有藏书上百万卷的公共图书馆，还有藏有古印第安人艺术珍品的艺术博物馆。

　　这样一个环境优美却不乏时代感的丹佛市，同时也是美国中西部地区最大的航空交通转运中心和陆路交通枢纽。作为落基山脉的门户，丹佛也是环游美国的起始点。每天，都有1 300架飞机搭载着超过75万名乘客从这里起飞。

　　正值盛夏，丹佛最大的机场斯泰普尔顿机场挤满了四面八方的来客。这天正逢联合航空公司的"儿童日"。这一天，14岁以下的儿童乘坐飞机只需花1美分——低廉得几乎是免费。这是一项很早就推出的针对儿童的优惠活动。于是，很多家长都会趁此机会带孩子搭飞机出行。为了配合"儿童日"的主题，广播中播放着时下最流行的童谣，再配合着孩子们银铃般的欢声笑语，气氛格外欢快。灿烂的阳光透过落地的大玻璃窗射进来，映出一个个娇小的嬉闹奔跑的身影。孩子们身上五彩斑斓的衣服，使装饰本就很鲜亮的大厅显得更加喜庆。家长们似乎也被孩童的快乐感染，脸上都透出幸福的神情。

　　灿烂的阳光，没有杂质的天空，愉快的乘客，兴奋的孩童……没有人能想到，这样快乐的童话场景竟然会因为一场灾难而支离破碎。一切的美好都随着那声轰然巨响而变成了孩童永远的哭泣声……

儿童日

1989 年 7 月 19 日。

对于 6 岁的德文和 7 岁的赖安这两个小家伙来说，今天真是个让人兴奋的日子，因为他们将在妈妈的带领下开始首次飞机旅行。赖安一大早就起床了，整个上午他都在院子里玩着他的飞机模型。阳光下，这个穿着红色 T 恤的男孩手中高高地举着崭新的飞机模型在草坪上疯跑，嘴里还发出模仿飞机起飞时的"呜——呜——"声，而在另一旁的德文就显得安静许多。她早早就收拾好了自己的行李，装在她心爱的天蓝色小包里。今天的德文格外漂亮，穿着新买的淡绿色连衣裙，柔顺的金色长发搭在肩上。她坐在院子中的秋千上，微风徐徐吹过，发丝轻轻飞扬起来，宛如从童话中走出的小

◎美丽的宾夕法尼亚州

公主。虽然她没有像弟弟那般手舞足蹈，不过悉心的装扮也显出她的期待。

　　黛比·麦凯尔维就是这两位小天使的母亲。她是位很美丽的女士，棕色的披肩长发，深褐色的眼睛，高挑的身材。她身着橙红色的上衣，配着一对同样是橙红色的夸张圆形耳环，与今天晴朗的天空温暖的阳光相得益彰。黛比·麦凯尔维今天将和许多游客一起从斯泰普尔顿起飞，回到宾夕法尼亚州的故乡，与家人团聚。她打算和孩子们在家待两个星期，好好享受一个全家团聚，其乐融融的假期。为了这次旅行，

◎ "儿童日"来了很多儿童

◎孩子们好奇地看飞机起落，这片蓝天是他们梦想的开始

她可是准备了很久了，大到工作安排和休假调动，小到行李的整理都是她细心计划安排的，而且黛比还特地为每一位家庭成员挑选了精致的礼物。

匆匆结束了午饭，黛比就驾车带着两个孩子前往斯泰普尔顿机场。一路上，赖安仍旧只顾着玩弄他的飞机模型。德文则是一边拍手一边唱着欢快的歌曲，笑声连连。

到达机场。黛比远远地就看到了站在大厅等待他们的鲁思·内丝。穿着紫色衣服的鲁思在大厅里格外引人注目，金棕色的头发束成马尾辫，活力十足。她将和黛比他们结伴而行。

今天正好是联合航空公司的"儿童日"。这一天，14 岁以下的儿童乘坐飞机只需花 1 美分，但是每个儿童必须有一名大人作陪。所以黛比请同在一家网球俱乐部的女友鲁思帮忙。鲁思带一个孩子，自己带一个，这样，她们就可以省一大笔费用了。

放眼望去，机场俨然是儿童乐园。机场的大厅里，一个穿着夸张滑稽小丑服装的机场地勤人员正将手里彩色的棒棒糖分发给待机的孩子们。孩童清脆的笑声一直回荡在大厅上空。透过落地玻璃，在候机大厅外面的停机坪上，大型客机一字排开。不时地有飞机起飞，发出"哗——"的声音。孩子们都拥在玻璃窗边好奇地观看，兴奋地说笑喊叫着，努力地睁大眼睛生怕一眨眼会错过什么精彩的景象。一张张红扑扑的脸蛋映在玻璃窗上，纯真的笑容比七月的阳光更加耀眼。

下午 1 点 15 分。黛比、鲁思和孩子们正等着登上联合航空 232 次航班。飞机将取道芝加哥飞往费城。负责驾驶飞机的是机长阿尔福雷德·海恩斯，他体格强壮，淡金色的短发衬上制作考究的飞行员服更显干练。海恩斯已经顺利驾驶飞机飞行了 7190 个小时，拥有很丰富的工作经验。

此次联合航空 232 次航班采用的是 DC—10 飞机。这是一种简单的飞机，操作起来比较方便，对驾驶员的技术要求不是很高。20 世纪 80 年代末期，共有 400 多架 DC—10 在全球各地服役。但是，它的安全记录并不是很好。1972 年，加拿大安大略省，温莎。一架服役刚一年的 DC—10 客机的货舱门爆裂，致使机舱严重失压。幸好，当时飞行员设法着陆了，才保证了人员的安全。不过仅仅两年之后，土耳其航空公司的一架 DC—10 客机再次因货舱门故障，在巴黎附近失事。这一次，机身因为急剧失压，在半空解体，机上 346 人全部遇难。一时间，在世界范围内都出现了对 DC—10 的恐慌情绪。虽然麦道公司发现了症结所在，并对飞机做了很多技术上的改进，但是在当时，恶劣的影响已经造成——DC—10 客机再也没能重拾声誉。不过令人感到欣慰的是，

紧急迫降

◎DC—10飞机

由于后期航空公司的重视，自"巴黎空难"后，DC—10再也没有出过大事故。随着时间的推移，人们也就逐渐淡忘了曾经的恐慌……

黛比一家乘坐的DC10-232次航班已经飞行了17个年头，总时长超过43 000小时。虽然它已经算得上飞机中的"老兵"了，但"身体"还算硬朗，迄今为止一直很安全，没有发生过任何事故。

今天的飞机上真的很热闹！坐在座位上的杰里·谢莫尔看着来往奔跑的孩子心里不禁想着，嘴角泛起一丝微笑。曾经是篮球运动员出身的杰里拥有相当健壮的体格，白皙的皮肤、深蓝色的眼睛，配上剪裁得体的西服套装显得格外帅气阳光。杰里目前的职务是美国大陆篮球联盟的副会长，由于工作上的需要他经常得乘坐飞机。不过他坐飞机从来不紧张。他在18岁第一次坐飞机的时候，就喜欢上了那种飞跃云层的自由感觉。此刻的乘客舱虽然不如往常那般安静，但孩童清脆的声音却让人心情更加愉快，杰里闭目享受这一美好时光。

坐在杰里旁边的是他的老板兼好友杰伊·拉姆斯代尔，他们今天要一起飞到哥

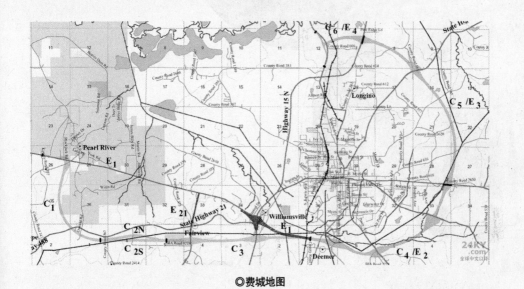

◎费城地图

伦布办事。杰伊的个子同样很高，深棕色的短发，笑眼弯弯，给人一种亲切感。他正在和邻座的一个抱着篮球的小男孩愉快地聊着天。其实，这两人本不是乘坐这趟航班的，他们原来的航班取消了。杰伊弄到了随后一趟航班的机票，但杰里没有。于是，杰伊决定和好友一起等待再下一趟航班。在作为朋友关系的两个人看来，这是再平常不过的了，毕竟行程有人陪伴是愉快的事情。最后，等待6个半小时后，杰里和杰伊都坐上了联合航空的232次航班，飞往费城。随着飞机的起飞，他们踏上了截然相反的命运之途……

紧急迫降

伸来的魔爪

　　由于是儿童日的缘故，232 次航班格外繁忙，它一共要搭载 285 名乘客和 11 名机组成员。在黛比·麦凯尔维和朋友以及孩子们登上了飞机后，机上的小乘客又多了两名。现在飞机上共有 52 名孩子。

　　52 名孩子，这对高级乘务员简·布朗－洛尔来说意味着她的工作量将大大增加。她是很有气质的女士，不那么年轻，但举手投足之间却流露出成熟的魅力，得体的打扮和亲切的微笑使她赢得不少孩子们的喜爱。简是很喜欢孩子的，她觉得每个孩子都是可爱的天使，不过此刻她真是拿这些调皮的"天使"一点儿办法也没有啊！虽然简很高兴和孩子们相处，但一下子来了那么多小家伙她真的是有点应付不过来，腿都快

◎没有专属座位的婴幼儿

跑断了。刚刚清理了第 7 排座位上融化的冰淇淋，客舱后部又爆发出孩童的哭声，原来是个小男孩奔跑时没注意而撞到了扶手，包扎好没一会儿又有一位乘客请求帮忙寻找她孩子丢失的玩具球……简被这群"小恶魔"折磨得无话可说。她回过头来再看看其他乘务员，和自己都差不多，也忙得上气不接下气，乘务组的人员互相对望一眼，无奈地笑笑后再次投入繁忙的工作中……

驾驶舱内，机长海恩斯、副驾驶比尔·雷科兹、飞行机械师道格利·达沃拉克，开始进行飞行前检查。高度表、速度表、发动机转速表、油量表都显示正常，姿态指引仪、起落架位置指示器也没有问题。

"女士们，先生们：下午好，我是机长阿尔·海恩斯。欢迎乘坐联合航空 232

紧急迫降

次航班，本航班的下一站是芝加哥。我们将准点起飞。"随着海恩斯飞行的例行讲话，232次航班滑向跑道，1989年7月19日下午2点零9分，配有三个引擎的喷气机离开了丹佛。

从丹佛出发的时候，天空很晴朗，阳光普照，万里无云，气流也很稳定。对于飞行人员来说，这样的天气非常适合飞行，所以机组人员的心情都比较舒畅。

乘客舱内相较登机时已经安静了许多，经过一段时间的飞行后，很多孩子都疲惫地睡着了。黛比·麦凯尔维和儿子赖安坐在一起。小家伙一直好奇地望着远处，对他来说这实在是很神奇的事情。他曾经以为只有超人才能在天上飞行，而现在自己确实身临其境。玻璃窗外面云雾缭绕，穿过云雾依稀看见蔚蓝的天空。在他们俩的后一排，鲁思正在给黛比的女儿德文念故事。德文的手中依旧抱着心爱的玩具，她安静地听着鲁思阿姨的讲述，认真地盯着故事书上的图画，恬静美丽，如同瓷娃娃一般。

下午3点16分，空服人员为乘客准备用餐。配合今天的特殊主题，今天的餐点里也加入了很多孩子们喜欢吃的东西，比如巧克力、洋芋片和草莓蛋糕。美食当前，刚刚熟睡的孩子都纷纷醒来，精致的蛋糕和美味的巧克力让他们兴奋无比，客舱一时间又热闹起来……

◎飞机剧烈地晃动 孩子们惊恐地躲在家长怀里

正当所有人悠闲地享受美食时，蓝天下突然传来一声可怕的巨响。就像在高速公路上开车的时候，突然撞到了一个大坑，很多乘客由于没有准备都向前栽倒下去。紧接着，飞机机身开始剧烈地晃动，就像是遭遇到地震一般，机上的人都被这突如其来的状况吓呆了。刚刚还在梦乡的杰里被猛然惊醒，他首先想到的就是爆炸，肯定有人在飞机上放了炸弹，现在炸弹被引爆了——他的脑海中无端的出现了无数电影里的情节——这真的是太糟糕了！杰里回过神来再看看自己的好友，杰伊面色苍白一脸茫然地望着前面乘客的情况——有几个孩子因为刚刚被撞伤疼痛地大哭起来，有些是被惊吓得尖叫，也有不少妇女因为恐惧而呜咽起来……

此时的简·布朗也慌了，她做空服这个工作的时间并不短，也曾遇到过几次紧急情况，但现在真的让她不知所措。现在，她只能本能地坐到地板上，抓住旁边的座椅。她不知道发生了什么，只是感觉要是不抓点东西，自己就会被吸出去。一个不好的预感由心而生，她担心飞机的机身可能破裂了！一想到这，简顿时感到无力起来，她神情恍惚地看着不远处的几名年纪较轻的空姐。她们早已照着她的指示就近坐在地上，只不过到现在还止不住哭泣。

短短几十秒，232航班的乘客舱被恐慌包围，绝望的气息悄然蔓延开来。与乘客舱慌乱的情况有所区别，驾驶舱里的人员虽然紧张但却仍在冷静工作。海恩斯机长立刻让副机长比尔检查清楚到底是什么情况。刚刚的巨响的确让人措手不及，但他作为飞机上的最高指挥官，是所有人的支柱，所以必须保持冷静与镇定，否则情况会变得更加糟糕。于是，海恩斯在最短时间内调整好状态，投入指挥中。受到机长的指示，副驾驶比尔与机械师道格利也回过神来开始工作。

比尔经过检查，发现飞机内部没有明显的破损痕迹。但是驾驶舱里的机长海恩斯在查看了引擎装置后，迅速意识到是二号引擎失灵了。以前他只在模拟飞行中遇到过引擎失灵的情况。也就是说，海恩斯并没有在实际中处理过这样的问题。但现在，活生生的现实摆在他面前。

下午3点17分，机长海恩斯决定关闭出现故障的引擎。按照过去的经验和理论，他觉得这样的方法行得通。因为凭着两台翼下引擎，DC10客机照样可以平稳飞行，这样的话应该不需要太担心。于是，他按程序切断了二号引擎的燃油和动力供给。

故障引擎熄火了，但是飞机仍在不停地晃动。海恩斯眉头紧缩，问题不止如此简单。果然，不一会儿飞行机械师达沃拉克发现了另外的问题——液压没有了。仪表显示，飞机的三个液压系统全部失效。机长简直不敢相信自己的眼睛。液压系统控制着飞机的机翼、副翼、方向舵以及升降舵。液压系统其实就像针管一样，一边推进去，另一边药水就会被压出来。在客机上液压管道连接着飞行员的踏板和手柄，到飞机的所有控制面、副翼、升力面等等，所以说飞机完全是靠它的液压系统来控制。在一般情况下液压系统非常可靠，这就是它们被用在飞机上的原因。不过有个缺点，一旦液压管道上有任何裂缝的话，里面的液体就会很快漏光，整个一套液压系统也就没用了。一架液压失灵的飞机就像一辆没有方向盘的汽车，驾驶员也成了里面的乘客。而且别忘了，在天上可没法紧急停车，液压失灵其实是非常可怕的事故。为了防止这样的事故，大型客机上一般装有三套独立的液压系统，以避免一套失灵后无法控制。但是，全部液压失灵的事件也时有发生，就像现在……

87

紧急迫降

简直是晴天霹雳！海恩斯如临大敌，他不愿相信这样的情况，但是，仪表的显示没有错。正当他疑惑万分时，又听到副驾驶比尔惊恐地呼叫，发现中央控制面丝毫没有反应。这无疑是雪上加霜，比尔不甘心又试了几次，还是毫无反应。猛地，飞机毫无预兆地向右倾斜，机组人员意识到，出大问题了——飞机根本不听指挥。

飞机仍在不断向右倾斜，乘客舱里的惊恐尖叫声透过厚实的门隐隐传入机长海恩斯的耳朵，他仿佛看到了孩子们因为害怕而变得抽搐的脸。他触电般地挺直腰板打起精神想控制飞机，至少也得让 DC—10 回复到水平状态。接到指令的另外二人分别控制飞机的各个手动飞行按钮。然而，无论怎样努力他们还是没办法让飞机转变方向，没办法让飞机不倾斜。飞机开始侧翻，形势万分危急。

232 次航班在 11 000 米的高空失去控制——这是每个飞行员的噩梦。如果左翼继续抬升，飞机将倾翻，而机上的人员将面临生命危险。

在客舱内，乘客们感觉到飞机正在迅速倾斜。座位上的安全带已经无法让他们安心，大家都牢牢扶住座椅，有孩子的成人都把自己的孩子紧紧抱住。不久前还兴奋不已的赖安此刻在母亲黛比的怀里安静得出奇。虽然他只有 7 岁半，但已经能明白一些事了。他看了看四周，然后自言自语说：好像出问题了。其实此时很多孩子都很安静，恐怖的气氛让他们忘记了哭闹，机舱里只有个别处还在发出抽泣声。杰里和好友的手

◎飞机在迅速倾斜

紧握在一起，他们明显感觉到机身在倾斜，因为身体重心都在往右偏。他以前从没遇到过这么可怕的情况。他闭上双眼，脑中一片空白，周围能听到很多人向上帝祈祷的声音。是啊，上帝啊，来救救他们！

下午3点18分。由于左翼抬得太高，机身已经极度倾斜。机长海恩斯知道，再过几秒钟，飞机可能会不受控制地翻转。现在他只剩下最后一个办法了。如果失败，232次航班将在劫难逃。海恩斯打算关掉一个引擎的节流阀，把燃油都输送到另一个引擎。他尝试着调整了两个翼下引擎的相对功率。如果右侧引擎运行得更快，飞机将向左倾斜，从而恢复到水平状态。驾驶人员无法放弃任何一个自救的机会，他们再一次努力作业。幸运的是在一系列复杂的操控后这个办法起效了，飞机不再侧翻。海恩斯机长倍受鼓舞，虽然仍然无法控制飞机，但是他通过节流阀恢复了转向控制。不过没过多久他便发现，他只能让飞机向右倾斜。

下午3点20分，副驾驶比尔紧急联系了明尼阿波利斯航线交通管理中心。他声音颤抖地向空管中心报告了飞机的情况——二号引擎故障，控制面失效，飞机全面失控，并且希望获知去往最近机场的航线。那一遍又一遍的大喊听起来透着无望，飞行员真的不知道如何让濒临报废的飞机着陆。

◎飞机失控 竭尽全力的飞行员

紧急迫降

◎救援车辆迅速驶入机场待命

◎地面上的救援人员严阵以待

客舱的广播里，机长的声音再次响起，那微弱的声音向乘客们汇报情况。当然，海恩斯只告诉乘客有一台引擎故障并没有提及控制面失效的事情。不过他的话并没有让所有的乘客安心。黛比看到那些乘务员的表情并没有因为刚才的一番话而有什么改变，依旧看上去很紧张，所以肯定有什么事情不对劲。

海恩斯要求飞行机械师再次检查液压水平，但是令人失望，仪表仍然显示为零。DC10 客机装有三个独立的液压系统，机组成员无法理解为什么三个系统会同时失去作用。现在机长海恩斯早已无法思考这个问题了，时间紧迫，美国联合航空 232 次航班以每分钟 250 米的速度下落，他们必须在飞机没有坠地之前实施紧急迫降。

下午 3 点 22 分。空中交通管制中心通知机组人员，距离他们最近的是苏城机场。这是一个小型的地区机场，位于衣阿华州的苏城。

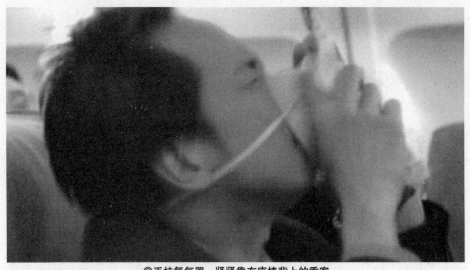

◎手持氧气罩，紧紧靠在座椅背上的乘客

下午 3 点 25 分。苏城消防队即将面临一场前所未有的挑战。消防队长罗铁特·汉密尔顿听到警报声响起时，就感觉出大事了。他干这一行已经很多年了，所以培养出了一种直觉。果不其然，几分钟后，消防队长的预感得到了证实——联合航空 232 次航班正飞往这座城市。9 辆消防车风驰电掣驶向跑道，准备实施救援。本来面积就不大的苏城机场顿时被围得水泄不通，消防车、救护车都已经到位，大批消防员正在待命。工作人员将无关人士疏散，机场的四周也早就限制通行了。准备给飞机降落的跑道上布满了给机身降温的液化泡沫，9 辆消防车依次沿跑道两边排开，严阵以待。

紧急迫降

现在，机长海恩斯和他的组员必须在没有任何控制的情况下，让飞机降落。他们还没有想出解决办法，却又遇到了一个问题。DC—10客机开始不受控制地上冲下蹿，以一种令人毛骨悚然的方式不规则运动。飞行员们觉得，他们就像在空中驾驶云霄飞车。飞机先是向上抬起，向上陡然爬升，就像被一只大手拎起来拖向半空中，然后又猛然间一头栽下，仿佛坠入无底深渊。经过剧烈的起伏，当大家刚刚觉得稳定时第二次起伏又恶性发作起来，周而复始，令人窒息。乘客们全都手持氧气罩，紧紧靠在座椅背上，随着飞机的起落爆发出惊恐阵阵的尖叫，恐惧已经让他们的心脏几乎停止了跳动，他们不知道还能让飞机在空中待多久。

许多乘客开始祈祷，无助地流着泪，一边哭泣一边期待奇迹出现。黛比双手环住他的小儿子，上帝啊，她的两个孩子一个6岁，一个7岁，要是活不成，那就让他们死得利索点吧……

下午3点26分，乘务长简被机长海恩斯叫到了驾驶舱。她一推开舱门，就觉察到里面沉重而诡异的气氛，她知道等待他们的可能是一场灾难。可是机长并没有多说什么，只是让简通知客舱里的乘客，准备紧急迫降。虽然心中有无数疑问，但是她什么也没有说就退出了驾驶舱——这种时候应该无条件地选择相信机长。是的，无条件！简在心中一遍遍重复，可是她清楚这无非是自我催眠，事实上她无比害怕。在走过头等舱的时候，她甚至不敢和任何乘客对视，因为怕他们从自己眼睛里看出恐惧。

其实，即使不注意乘务员的表情，乘客舱的情况也好不到哪里去。突然，头等舱内一个中年男士从座位上站起来熟练地走向驾驶室。他叫丹尼·芬奇，是DC10客机的飞行指导员，刚开完指导员会议的他很巧搭乘这次航班。一连串的反应让他感觉事情不妙，于是决定主动去帮忙。

下午3点29分。丹尼在驾驶舱内看到了令他吃惊的场面。两名飞行员都在拼命地想控制飞机，他们死死地握着操纵杆，因为用力，手指的指尖泛白，手臂上的青筋都露出来了。控制面几乎已经完全失效，但是机长海恩斯和副驾驶希望它还能发挥一些作用。作为飞行指导员，丹尼·芬奇接受过很多紧急培训，但他从未遇到过这样的情况。他一下子就懵了，因为那种情况从没听说过，当时有关飞机失去液压的处理程序还没有出台。第一直觉告诉他：他要死了。

机长海恩斯通知乘客，由于飞机受损，他们将在苏城紧急迫降。这只是委婉的说法，乘客们并不知道他们将面对怎样的一个降落，因为机上296人面临着生命危险。飞机客舱的广播里，机长的声音再次响起，那微弱的声音向乘客们汇报情况。当然，海恩斯只告诉乘客有一台引擎故障并没有提及控制面失效的事情。不过他的话并没有让所有的乘客安心。黛比看到那些乘务员的表情并没有因为刚才的一番话而有什么改变，依旧看上去很紧张，所以肯定有什么事情不对劲。

海恩斯要求飞行机械师再次检查液压水平，但是令人失望，仪表仍然显示为零。DC10 客机装有三个独立的液压系统，机组成员无法理解为什么三个系统会同时失去作用。现在机长海恩斯早已无法思考这个问题了，时间紧迫，美国联合航空 232 次航班以每分钟 250 米的速度下落，他们必须在飞机没有坠地之前实施紧急迫降。

下午 3 点 22 分。空中交通管制中心通知机组人员，距离他们最近的是苏城机场。这是一个小型的地区机场，位于衣阿华州的苏城。

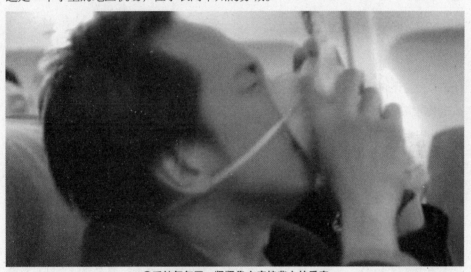
◎手持氧气罩，紧紧靠在座椅背上的乘客

下午 3 点 25 分。苏城消防队即将面临一场前所未有的挑战。消防队长罗铁特·汉密尔顿听到警报声响起时，就感觉出大事了。他干这一行已经很多年了，所以培养出了一种直觉。果不其然，几分钟后，消防队长的预感得到了证实——联合航空 232 次航班正飞往这座城市。9 辆消防车风驰电掣驶向跑道，准备实施救援。本来面积就不大的苏城机场顿时被围得水泄不通，消防车、救护车都已经到位，大批消防员正在待命。工作人员将无关人士疏散，机场的四周也早就限制通行了。准备给飞机降落的跑道上布满了给机身降温的液化泡沫，9 辆消防车依次沿跑道两边排开，严阵以待。

紧急迫降

现在，机长海恩斯和他的组员必须在没有任何控制的情况下，让飞机降落。他们还没有想出解决办法，却又遇到了一个问题。DC—10客机开始不受控制地上冲下蹿，以一种令人毛骨悚然的方式不规则运动。飞行员们觉得，他们就像在空中驾驶云霄飞车。飞机先是向上抬起，向上陡然爬升，就像被一只大手拎起来拖向半空中，然后又猛然间一头栽下，仿佛坠入无底深渊。经过剧烈的起伏，当大家刚刚觉得稳定时第二次起伏又恶性发作起来，周而复始，令人窒息。乘客们全都手持氧气罩，紧紧靠在座椅背上，随着飞机的起落爆发出惊恐阵阵的尖叫，恐惧已经让他们的心脏几乎停止了跳动，他们不知道还能让飞机在空中待多久。

许多乘客开始祈祷，无助地流着泪，一边哭泣一边期待奇迹出现。黛比双手环住他的小儿子，上帝啊，她的两个孩子一个6岁，一个7岁，要是活不成，那就让他们死得利索点吧……

下午3点26分，乘务长简被机长海恩斯叫到了驾驶舱。她一推开舱门，就觉察到里面沉重而诡异的气氛，她知道等待他们的可能是一场灾难。可是机长并没有多说什么，只是让简通知客舱里的乘客，准备紧急迫降。虽然心中有无数疑问，但是她什么也没有说就退出了驾驶舱——这种时候应该无条件地选择相信机长。是的，无条件！简在心中一遍遍重复，可是她清楚这无非是自我催眠，事实上她无比害怕。在走过头等舱的时候，她甚至不敢和任何乘客对视，因为怕他们从自己眼睛里看出恐惧。

其实，即使不注意乘务员的表情，乘客舱的情况也好不到哪里去。突然，头等舱内一个中年男士从座位上站起来熟练地走向驾驶室。他叫丹尼·芬奇，是DC10客机的飞行指导员，刚开完指导员会议的他很巧搭乘这次航班。一连串的反应让他感觉事情不妙，于是决定主动去帮忙。

下午3点29分。丹尼在驾驶舱内看到了令他吃惊的场面。两名飞行员都在拼命地想控制飞机，他们死死地握着操纵杆，因为用力，手指的指尖泛白，手臂上的青筋都露出来了。控制面几乎已经完全失效，但是机长海恩斯和副驾驶希望它还能发挥一些作用。作为飞行指导员，丹尼·芬奇接受过很多紧急培训，但他从未遇到过这样的情况。他一下子就懵了，因为那种情况从没听说过，当时关于飞机失去液压的处理程序还没有出台。第一直觉告诉他：他要死了。

机长海恩斯通知乘客，由于飞机受损，他们将在苏城紧急迫降。这只是委婉的说法，乘客们并不知道他们将面对怎样的一个降落，因为机上296人面临着生命危险。飞机

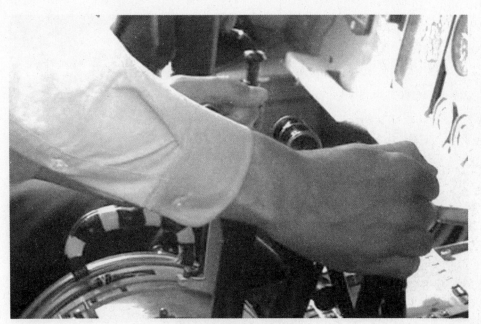

◎握着操纵杆的手上青筋暴出

能否平安着陆,全靠飞行员的驾驶技术了。丹尼加入飞行员行列,尽其所能地提供帮助。有了他,就相当于有了 4 名机组成员操控飞机,他丰富的经验给其他三人多少带来了一些心灵上的安慰。丹尼控制了节流阀,这是唯一仍起作用的操控器。他们转换了一下方向,但是飞机仍然只能向右侧倾斜。

下午 3 点 48 分。DC10 距离苏城机场还有 12 分钟的航程,但飞机的高度太低了,控制面也完全失效。短短几分钟,飞行人员不知道如何让 165 吨重的喷气机安全着陆。况且,机上 285 名乘客的生命全掌握在他们手里,一切都是未知而且可怕。50 分钟前,DC10 的飞行指导员丹尼·芬奇还坐在头等舱里享用餐点,而现在他成了机长阿尔·海恩斯的帮手。现在,飞行员必须精诚配合,信任对方的能力和技术,为最后的降落做好准备。丹尼·芬奇努力转换飞机的方向,通过节流阀控制下落过程,他们希望最后能够落在跑道上。但到现在为止,飞机仍然只能向右倾斜,它在空中起伏着前进,形势对机组人员非常不利。

下午 3 点 50 分。高级乘务员简开始进行最后的安全讲解。乘客们能不能活命,全看他们的了。现在,任何一个环节的缺陷都有可能导致人员的伤亡,所以一定要保证万无一

紧急迫降

◎准备降落时 乘客集体采取的安全姿势

失。她尽量使自己冷静下来，沉着从容地向乘客讲解。客舱里静得能听见一根针掉下来的声音，所有人都屏住呼吸聆听着，工作人员的讲述现在就是救命的灵药。除了儿童外，机上有 4 名幼儿。由于幼儿是没有座位的，美国航空界规定，一旦遇到紧急迫降的情况，大人们应把抱在腿上的孩子稳固到地板上。虽然简对这个规定的可行性存在质疑，但是除了遵照执行，她已经别无选择，于是，她告诉那些孩子的父母，要把孩子放在地板上，保护好他们。

◎面对死亡的威胁 依然握住爱人的手

耳边仍旧听到乘务员的安全解说，但是黛比·麦凯尔维的思绪早就飘到九霄云外，她很难保持镇定，因为不知道等待他们的将是什么。脑海中出现了无数可怕的场景，有一种世界末日的感觉悄然降临。与黛比同样无法集中精神的还有杰里·谢莫尔。他的眼里全是远在丹佛的妻子——他们的相遇，他们的婚礼，他们平淡又温馨的生活……也许他将再也无法看到妻子美丽的笑颜了，但是此刻他竟然有些感谢上帝，幸亏他的妻子没有一起来，不用面对这么恐怖的场面。

飞机渐渐靠近苏城，机组成员非常清楚他们所采取措施的重要性。能不能安全着陆，关系到 296 个人的生命，丹尼感觉自己责任重大，虽然开了很多年的飞机，但他的手心还是开始冒汗了。由于刹车手柄失灵，DC—10 需要一条很长的跑道。空中交通管制中心为他们安排了苏城最长的 31 号跑道，长达 2 700 米。

下午 3 点 52 分。丹尼·芬奇最后一次开启节流阀，让飞机爬升。他知道，已经破损的飞机不可能再有第二次升高的机会。他们必须降落在跑道上，而且只有一次机会。当飞机钻出云层时，飞行员看到了令人振奋的一幕——苏城机场近在咫尺。但是有一个问题——虽然到达机场，他们却驶向了错误的跑道——他们驶向了 22 号跑道。正确的跑道就在不远处，但是无法到达那儿。22 号跑道比 31 号跑道短得多，而且上面停满了赶来救援的消防车和救护车。

◎降落的最后时刻，母亲紧紧把儿子搂在怀中，默默祈祷

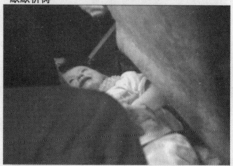

◎在紧急情况下，婴幼儿只能被平放在地板上

◎似乎感受到自己的危险，小宝宝大声哭泣

地上的工作人员全傻眼了，飞机本来应该停在 31 号跑道，但是它却冲向了 22 号跑道，情况紧急，他们必须把跑道上的车辆全部撤除，因为一旦飞机和车相撞，情况会很严重。他们只有一两分钟的时间来给它腾位置。前一分钟还严阵以待的机场瞬时乱作一团，嘈杂声四起。地勤各部门的配合还算默契，下午 3 点 59 分，22 号跑道准备完毕。

紧急迫降

◎飞机摇摇晃晃飞向机场，却进入错误的跑道

着陆进入最关键的阶段，机长海恩斯要求乘客们保持安全姿势。所谓"安全姿势其实就像有一阵风吹过麦地一样，客舱里的所有人都趴下来，牢牢扶住前面的椅背"。黛比心中的恐惧越来越大。关键时候到了，虽然也许等待他们的不会是死亡，但这样的时刻让人生不如死。她让儿子赖安拉上窗户的遮光帘，因为过一会儿场面可能会很惨烈，实在不忍心去看。

驾驶员们还在持续战斗着，他们尽力让飞机与跑道保持一致。可是飞机仍然在以400公里的时速疾驰，这比正常速度快了大约150公里。瞬时，近地警报响起，他们下降得实在太快了。飞机坠落速度上升到每分钟560米，这超过了正常速度的6倍。由于控制不了机翼，飞行员们也无法减缓下落过程。232次航班就像一只折翼的鸟，俯身坠向地面，一切都是那么无能为力。

下午4点，着陆前十几秒钟，飞机仍保持着向右倾斜的姿势冲向地面，如果它继续这样，那么机身将彻底瓦解。丹尼把两个节流阀都推上去了，让油门加到最大，希望这样能让机头抬起。他竭尽全力推动节流阀，但为时已晚，引擎突然没有了反应……

4点16秒。DC—10客机撞上了跑道。

◎飞机撞向跑道，右翼与地面摩擦起火-1

◎飞机撞向跑道，右翼与地面摩擦起火-2

紧急迫降

拯救天使

　　乘客舱爆发出惊声尖叫，人们感觉就像从天上掉下来，撞到了地面。那不是紧急迫降，更像跌落。到处是哭喊声和金属撞击的声音，让人仿佛是置身于地狱一般，绝望的吼叫将人的心撕成了碎片。但是灾难远远不止如此，右侧的起落装置和机翼折断，泄漏的燃油旋即发生爆炸。电光火石般，一个个火球面向乘客扑过来，他们根本没法作出反应。这惨烈恐怖的一幕已告诉他们——飞机撞上跑道，大家要被烧死了！

　　飞机的右翼刮着地面滑行了大约 600 米，黑色的浓烟四起，机身随之瓦解。驾驶舱就像铅笔头一样"咔嚓"断了，然后以每小时 200 节的速度翻滚。借着惯性，飞机的主体疾速向前滑行，最后晃晃悠悠停在了机场的一侧。在坠落过程中，机身断成了三截，分别是：驾驶舱、尾部和中间的客舱。

◎降落一瞬间，巨大的火球向乘客扑来

◎飞机撞击地面产生了大量黑烟

99

◎致人死地的毒烟

紧急迫降

◎逃出来的乘客神色慌张，血流满面

　　飞机撞击地面的巨响，受难人员的呼救，救援车辆的鸣笛，这样的场景在血红的夕阳下让人悲伤到忘记流泪。几十名幸存的乘客迅速逃离着火的客舱，他们狼狈不堪。残破的衣服满是血迹，惊恐的脸上汗水泪水鲜血模糊成一片，他们扶老携幼互相搀扶着向前逃跑。消防车和救护车赶来救助他们。现场到处是死难者和受伤的乘客，令人震惊。

　　幸存者逃出飞机残骸，分散到跑道边缘的玉米地里，黛比和儿子赖安也在其中。她就像受了惊吓的羚羊一样抱着儿子不停地跑着，但是又不知道该跑到哪里。她四处张望着却没有看到6岁的女儿德文，顿时，不祥的预感袭来，

　　也许她永远失去了可爱的女儿。想到这里黛比失声痛哭，在人群中拼命大喊着女儿的名字。她多么希望听到女儿熟悉的回答声，多么想再看到那张洋娃娃一样美丽的小脸。也许黛比仍算是幸运的，至少儿子赖安还安全地在她怀中，因为那些在着陆前被放在地板上的孩子，有一部分不见了。猛烈的撞击将他们冲离了父母的怀抱。一位伤心欲绝的母亲狠狠拽住乘务长简的衣领，就在刚才，她23个月大的幼儿埃文·扎

尔死在大火熊熊的喷气机里。她用力摇晃着简的肩膀大哭起来："是你让我把他放到地板上的。现在怎么会发生这样的事？你说啊！"那痛苦的表情、激动的话语印在简的心中一辈子也无法忘却。

◎寻找孩子的母亲

许多乘客和孩子仍被困在中部的客舱里，这部分机身已经严重变形。飞机剩下的那一侧机翼也燃起了大火。霎时，火团恶魔般吞噬了飞机。消防员奋力扑灭火焰，几十个高压喷水枪对着熊熊烈火不断来回扫射。

◎从飞机上逃脱的人们

杰里·谢莫尔随着人流逃出了客舱，安然无恙。可刚刚踏出几步他便听到了身后传来孩子的哭声，让人揪心的凄厉的呼救。尽管浓烟呛人，但他又冒险回到了燃烧的飞机。飞机随时可能会爆炸，他可能会找不到出来的路，但杰里没想那么多，一听到哭声就毅然决然冲进去了。客舱迅速化为一片火海，冒出有毒的象征死亡的黑色浓

紧急迫降

烟，像这样的烟雾不出几分钟就能置人于死地。杰里用手捂住口鼻在客舱里反复查看，他听到哭声就在下面。这时他发现一个孩子被卡在变形的机身里，淡绿色的裙子沾满了血迹，纤细的胳膊也被划伤。也许是哭喊很久了，小姑娘的声音变得沙哑。杰里一手抱着她，一手把她从洞里掏出来。

得救了！抱着手中的小天使再次走出飞机的时候，杰里感觉阳光格外灿烂……

身边的人们慌忙地来往着，有的为失去亲人而哭诉，有的为得以保命而庆幸，黛比依旧望着失火的飞机，她没有找到女儿和朋友。虽然心中抱着希望，但是眼前猖狂的红火和邪恶的黑烟也许已将答案明了地奉上……然而突然间，侧身，抬头，她看到了一张可爱的小脸——她6岁的女儿德文从浓烟中走了出来。黛比从来没有那么高兴过，因为她的德文还活着，完好无损！一瞬间，她感受到上帝的闪光……

就在乘客们逃离残骸时，机长海恩斯和其他机组人员仍被困在驾驶舱内。在坠落过程中，飞机前部插进了跑道旁边的泥土中。搜救人员最后才来到那里，他们用铲车和切割装置疏通变形的残骸。经过长达30分钟的挖掘后，他们到达了驾驶舱。驾驶

◎救出孩子的英雄，夕阳下光辉的身影

室里面的 4 位飞行员虽然已严重受伤，但都还活着。除了丹尼外，其他三人都因为冲撞而昏过去了，丹尼也因为缺氧而意识模糊，只依稀记得有人拍了拍他的胸口，然后说："伙计，你没事。有我们呢，你会没事的。"那一刻，他如释重负，一下子就放松下来。

下午 5 点。搜救人员救出 4 名飞行员。

被大火吞噬的联合航空 232 次航班燃烧了两个多小时。9 架直升机和 34 辆救护车送走了幸存者。机场的人渐渐变少，但杰里·谢莫尔却没有离去。这位刚才救出孩童的英雄在飞机坠落时和好友杰伊走散了，之后一直没有发现他的身影。杰里希望他逃过了劫难，然而随着时间一分一秒地过去，他彻底失望了。今天，注定只能他一个人回去了。

事故发生 8 个小时后，包括杰伊·拉姆斯代尔在内，共有 111 名乘客在灾难中丧生，一名乘务员也不幸遇难。死亡的乘客中有 11 名是孩子。在苏城坠毁事件中，幸存人数达到了 184 名，这是相当大的成就。但是对 232 次航班的飞行员来说，任何人的死亡都是悲剧。

当飞行指导员丹尼·芬奇的妻子到医院看望他，并将死亡人数告知时，他泪如泉涌。丹尼没想到，机组人员用尽全力还是无法挽救那 112 条性命。医院里纯净的白色也无法让丹尼平静，他一醒来就会哭，眼泪怎么也止不住。他根本无法休息，甚至在梦中所见到的都是一张张亡者因为痛苦挣扎而扭曲的脸，如果可以他真想替他们去死……

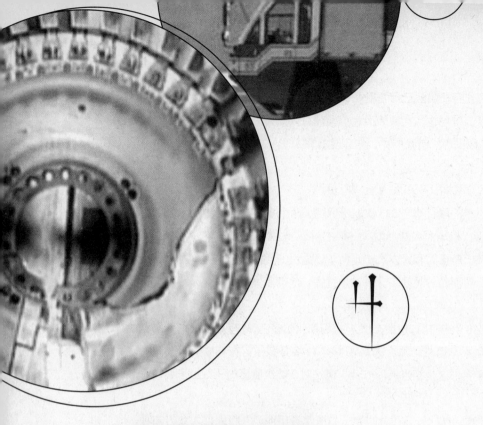

魔鬼的由来

　　伴随这场灾难的发生，苏城一夜之间成为全世界的关注点。全球为此默哀，为了那些遇难者，尤其是那 11 名儿童。谁也没有想到，联合航空的"儿童日"优惠竟会成为他们的催命符。从悲伤中恢复过来的阿尔·海恩斯和其他机组成员认为应该积极从灾难中吸取教训。相关部门和整个航空业下令尽快找到这起事故的原因。因为全世界仍有 427 架 DC—10 客机在服役，他们必须尽快解开 232 次航班失事之谜，不要再让类似的悲剧发生。随即，美国全国运输安全委员会，也就是 NTSB，派遣一个调查组前往苏城。

　　弗兰克·希尔德拉普率领小组分析了飞机的结构。他是美国全国运输安全委员会的航空工程师。飞机失事 9 小时后，希尔德拉普和美国运输安全委员会的人

◎飞机撞击地面后留下的痕迹就像一个丑陋的伤疤

◎示意图清楚表明 飞机断裂成数节的情况

紧急迫降

◎支离破碎的飞机

◎飞机的残骸到处都是

◎研究人员对飞机残骸进行调查

员到达了衣阿华州。他们通过回顾灾难发生时的情景，展开了深入调查，以此揭开联合航空 DC—10 客机坠毁的真相。先进的电脑模拟技术将让人们身临其境地重历灾难。

美国全国运输安全委员会的冶金学家杰姆·怀尔迪认为，要想弄清楚飞机是怎么解体的，弄清楚各个碎片之间的关系，最好的一个方法，就是把它们重新拼在一起。于是，调查人员首先收集了每一块残骸，以便恢复飞机的原貌……这是一项庞大的工作，因为事故涉及的地域很广，飞机的几千块残片散落在超过 1 公里长的范围内。紧急服务办公室和国民警卫队出动了几百名人员。重重困难也无法阻挡众人的决心和毅力，他们搜索了跑道周围的每一寸土地，不放过任何一块微小的碎片，因为他们深信答案也许就藏在这些碎片当中。

另一方面，调查人员询问了 4 名飞行员，希望查明控制面失灵的原因。机长海恩斯和其他机组成员如实陈述当时的情况，让调查员弗兰克·希尔德拉普困惑不解的是三个液压系统全部失效，这种情况他以前还没遇到过。所以，当听到事故描述时，他就觉得很奇怪。DC—10 的所有飞行控制都通过液压实现，其机身配有三个独立的液压系统。就算一个系统失效，也不应该会引起另外两个系统也失去液压。而三个液压系统同时失效几乎是不可能的，其几率为十亿分之一。

虽然调查进行得很艰难，但很快调查人员就有了意外的发现。距离苏城 90 公里的农民报告说，他们的田地里散落有飞机残骸。在那里，调查人员发现其中有二号液压系统的组件。二号液压系统位于飞机尾部，靠近故障引擎。通过飞机的飞行路线，调查组可以精确计算出这些碎片坠落的时间。他们发现，碎片是在 3 点 16 分坠地的，与巨响发出和引擎停火的时间相同。一切迹象表明，正是引擎中的故障导致了液压系统失效。

调查人员又重新检查了坠毁的飞机的液压管线。虽然这又是一项艰巨的工作，不过，这次的努力没有白费。他们在飞机另外两个液压系统的压力线中发现了一些小洞。这些洞全部集中在停火的引擎附近。也就说三套液压系统全都有破损，这就是飞机失去液压，不再受驾驶员控制的原因。这听上去不可思议，但却是事实。

到底是什么东西让三个液压系统同时失去了作用？

调查组推断，二号引擎是导致灾难的元凶。为了进一步证实，他们用扫描电子显微镜检查了那些小洞，结果在上面发现了金属钛的痕迹。钛既坚实又轻便，是制造飞

紧急迫降

机机身的主要成分。在DC—10客机上,装在尾部的二号引擎就用到了这种特殊的金属。美国全国运输安全委员会的工程师重建了DC—10的二号引擎,他们发现的一条新线索证实了调查组的推论——装在飞机尾部的二号引擎的一个主要部件失踪了。失踪的部件是风扇盘——它是引擎的风扇装置的核心,结构庞大,用钛制成。

调查人员现在明白了联合航空232次航班的控制面失去作用的缘由。很明显,正是破裂的风扇盘装置,包括叶片,导致了液压管线上的那些小洞。灾难发生44分钟前,170公斤重的风扇盘裂开,于是,乘客和机组成员听到了那声巨响。更为糟糕的是,碎片还在另外两个液压系统的管线上留下了小洞。破损的风扇盘在引擎箱内爆开,巨大的冲击力切断了二号液压系统的部件,于是,液压系统全部失灵。

灾难发生前42分钟。飞机的控制面完全失去作用。由于尾部严重受损,232次航班只能向右侧倾斜。没有升降舵,飞行员无法让飞机保持在水平状态。但是,美国全国运输安全委员会还需查明导致风扇盘破裂的原因是什么。这项工作刻不容缓,因为调查组随后发现另外200多架正在服役的DC—10客机的引擎上也隐藏着同样的问题。如果无法找出原因,同样的问题说不定会再次发生。所以当务之急是找到遗失的风扇盘。

他们计算了风扇盘残片的运动轨迹,希望找到它的坠落地点。最后他们将范围锁定在衣阿华州的玉米种植带上。在面积广达36平方公里植物茂盛的地方找飞机风扇盘就像在大海里捞针一样。调查组动用了所有的人力、物力来寻找遗失的风扇盘。他们派出4架直升机搜索了整个区域,但3米高的玉米秆遮蔽了地面上的一切物体。他们甚至还运用了红外线摄像机,但搜索了几个星期后,调查组仍然一无所获。无奈之下,引擎的生产厂家——通用电气公司给出了高额的奖金,悬赏找到风扇盘的人。即便这样,风扇盘仍然毫无消息。

两个月过去了,调查停滞不前,玉米地一片金色,不知不觉中收割期到来了。贾尼斯和戴尔·索伦森夫妇拥有一片180公顷的农田,就位于搜索区域的中心。1989年10月10日,星期二,贾尼斯·索伦森到田里收割玉米。她正开着收割机,突然感觉前面好像有什么东西挡着了,就把机器往后倒,挂上空挡,然后走下去看是什么。一看到那东西,她就知道这是调查人员一直要寻找的东西。那是一大块金属碎片,有一半埋在土里,残破的样子让人揪心。

通用电气公司和美国全国运输安全委员会的人员迅速赶到索伦森家的农场。戴尔

◎事故的重要线索——飞机风扇盘

◎发现风扇盘的夫妇

和贾尼斯也热心地帮助调查人员开挖风扇残骸。他们先把它挖出来一点点，然后开来一辆拖拉机，拿一条长链子绕在它身上，猛地一拉，整个碎片就出来了。很快经过技术上的证实，碎片正是联合航空232次航班遗失的风扇盘主体。随后，他们又在附近找到另外一块碎片。两块碎片合在一起就是一个完整的风扇盘。

这样的结果使发现碎片的贾尼斯·索伦森老人激动不已。她知道，她发现的也许正是揭开这起灾难之谜的关键东西。老人非常高兴，但是又流下了眼泪。高兴是因为他们终于找到了最重要的东西，流泪是因为有那么多人葬身在了这场灾难里。贾尼斯和丈夫戴尔将获得的通用电气公司提供的12万美元奖金，拿出一半捐给了慈善机构去帮助那些灾难中需要帮助的人们。

重大的发现让美国全国运输安全委员会得以进入调查的下一个阶段。他们将破损的风扇盘送到引擎的生产厂家——通用电气公司的实验室。

到底是什么原因导致如此坚实的金属部件碎裂？裂纹是怎么出现的？它为什么越变越大？为什么没有人发现？还有，其他风扇盘是否也存在同样的问题？

冶金学家吉姆带着这一系列的疑问检查了风扇盘。他首先从风扇盘解体处的那道大裂纹开始。他在上面发现了分叉，那是一条13毫米长的疲劳裂缝。风扇盘上出现这种裂缝的情况极少见，因为它的部件都经过特殊设计，能够承受引擎内部的巨大旋转力。随后，在疲劳裂缝的底部，怀尔迪看到了一个小孔。它非常小，最宽的地方也只有0.003毫米。他进一步检了那个小孔，发现周围的金属有些变色。出于好奇，他提取了一个样本，进行检测。可是，他的发现将令所有调查人员震惊，并动摇整个航空业的基石。吉姆同时又检查了联合航空232次航班的破损风扇盘上的小孔，他吃惊地发现，小孔周围的钛合金中包含有一种杂质，这种杂质叫"硬A夹杂物"，它是由金属坯料烧铸过程中过量的氮引起的，最重要的是，它极易碎裂。

这就是解开谜团的关键——DC—10客机的钛制风扇盘中，隐藏着致命的缺陷。

美国全国运输安全委员会通过整理串连起整个事件，重现232次航班乘客和机组人员遭遇不幸的全过程。当DC—10的风扇盘以每分钟3 800转的速度运行时，存在缺陷的部位因为巨大的压力出现了裂缝。随着飞行次数的增加，裂缝越变越大。1989年7月19日，灾难发生前44分钟……风扇盘已经运转了17年，支持飞机飞行15 503次。裂缝的长度达到了13毫米。风扇盘终于无法再承受旋转过程中形成的巨大压力，裂成了两半。它造成的损坏使得DC—10客机完全失控。随后的40分钟，飞行员竭力控制飞机。灾难发生前5分钟,232次航班摇摇晃晃出现在苏城上空。灾难发生前20秒,飞机向右倾斜着坠向地面。最后,飞机右侧机翼的翼尖撞上地面,DC—10跌跌撞撞地在跑道上滑行,悲剧发生了。

一架耗资2 100万美元、重达165吨的喷气机,因为一条小小的金属裂缝轰然瓦解。这样的结果一时间引起八方不满。而不久之后,全国运输安全委员会的调查组又有了更为惊人的发现。他们得知,在飞机失事的16个月前,联合航空的技师还给存在缺陷的风扇盘做过常规检查。裂缝就位于风扇盘表面,而且上次进行检查时,裂缝应该已经接近13毫米长,而技师就是没有发现。所以,全国运输安全委员会的报告认定,裂缝没有被查出属于那位负责检查人员的个人错误。但是,联合航空的检查程序是完全按章程进行的。因此,调查组将矛头对准了航空业标准,并指出在引擎检查方面普遍存在人为失察的现象。苏城坠机事件发生后,美国联邦航空局更新了引擎检查程序。联邦航空局还要求更换所有现役DC—10的液压系统。如今的航班已经增加了截止阀,以限制液压机液体的总量,从而避免液体通过裂缝流出液压管线。

因为苏城坠机事件而得以改进的安全措施,如今不仅用在DC—10上,而且还在所有的客机上加以普及。但愿新的规则可以避免类似的灾难性事件再次发生。

随着事故原因的明朗,人们渐渐走出阴霾。丹尼·芬奇,阿尔·海恩斯和其他机组成员因为专业精神和无上的勇气,受到了行业的嘉奖。当年那位勇救孩童的英雄杰里·谢莫尔也和他心爱的妻子团聚,他已经有了自己的孩子。对于那些当时临危不惧的机组人员,他至今仍然深切感激。

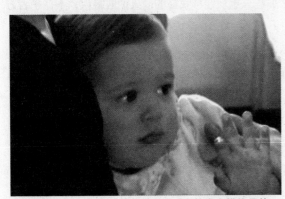

◎这样一个天使般的孩子就因为错误的安全措施最终离开了人世。当年那个纯真的眼神,让简找到了自己的坚持

自那次灾难后,简·布朗-洛尔就开始积极活动,为飞机上所有的孩子争取座位和安全带。她从来没有忘记因为失去孩子而濒临崩溃的母亲绝望的眼神,也无法忘记在事件中那些失去生命的幼儿。不经意间,她的眼前总会浮现出那一张张圆圆的小脸,要是那些孩子还活着,

紧急迫降

◎得以幸存的人们

应该已经十六七岁大了，能有自己的座位了……每每想到这些，简都潜然泪下。但是，她没有总是沉浸在悲伤中一蹶不振，而是下定决心去改变现状。虽然直到今天，民航界仍然没有采取措施来保护坐在父母腿上的孩子，但简不会为此退缩，她已下定决心将有生之年献给这一任务。不在乎那些只重视经济收益的商人们的眼色，不在乎官方规定条条框框的重重困难阻隔，更不在乎那些认为她做的事毫无意义的人的嘲笑。

盛夏七月，斯泰普尔顿机场依旧阳光普照，一年一度的"儿童日"依旧吸引着无数家长带着孩子搭飞机旅行。装饰一新的机场大厅虽然样子完全改变了，但欢乐的气氛如故。

是啊，对于孩子们来说，这片蓝天是多么重要的梦想的起点啊……简抬头凝望着，深吸一口气，皱紧的眉头轻轻舒展开来。

1995年8月21日下午，一架巴西利亚型飞机由乔治亚州亚特兰大机场飞往密西西比州格尔夫波特市。在一侧机翼失效的情况下，飞机奇迹般迫降，所有乘客安然无恙，但噩梦并未结束，等待他们的是更为恐怖的经历……

第四章

受伤铁鸟

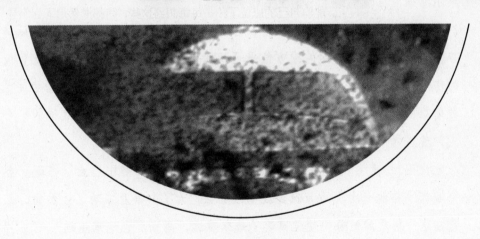

引 子

　　位于大西洋岸的南卡莱罗纳州是个环境优美的地方，绵延的山脉，葱郁的森林，迷人的沙滩。你可以在美特尔沙滨海滩上享受充足的日光浴，也可以驾着独木舟徜徉在爱迪斯多河上，或是在阳光明媚的午后与好友在高尔夫球场上挥上几杆，如果还不够，也可以来充满罗曼蒂克历史悠久的察尔斯顿，尽情陶醉于它的复古情怀。

　　有多少恋人来这里重温旧梦，有多少人因为失意、受伤来这里舔舐伤口。这样让人流连忘返的地方似乎可以抚平所有的不愉快，让人忘记曾经的伤痛重新对生活寄予希望。就连失恋的人也可以治愈伤口，连经受过生死劫难的人也能忘却令人心烦的噩梦。大卫·麦考凯尔就是这样的一个人，现在他们一家就生活在南卡莱罗纳州。

　　大卫·麦考凯尔因为业务往来，他经常乘坐"空中巴士"往返于各个城市。在他一次次的劳碌奔波中，生意扩大了，事业成功了。然而，正是在这一次次的忙碌中使他离妻子越来越远，离家庭也越来越远……

　　亚特兰大机场是大卫·麦考凯尔噩梦的开始，也是他重返家庭的起点。就在那天，大卫·麦考凯尔在亚特兰大机场登上飞机后不久，驾驶舱内的警报灯和警铃同时打开，报警指示是左边的引擎出现了故障。后来，飞机坠毁了，大卫·麦考凯尔幸运地逃脱了劫难。经过那次事故后，大卫重新领悟了生活的含义。他和前妻重归于好，再一次感受到了家庭给他带来的温暖。这几年平静而幸福的生活让他几乎摆脱了1995年夏末那场围绕他已久的噩梦，但回想起来，那场突如其来的空难还是清晰地印在脑海——剧烈的响声，极速的下坠，熊熊的火海，绝望的呼喊……

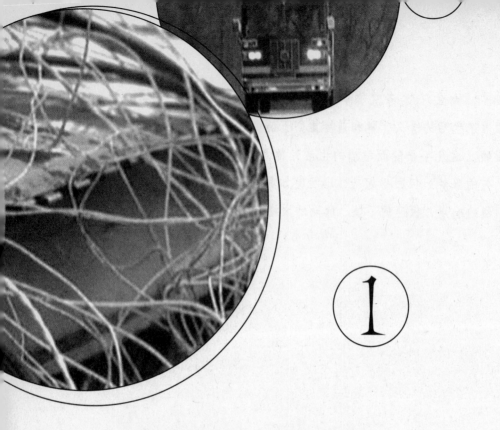

迟到的 "巴士"

1995 年 8 月 21 日，乔治亚州亚特兰大机场。

亚特兰大机场是世界上最繁忙的机场之一，支线航空公司亚特兰大东南航空所在地。旗下 83 架涡轮螺旋桨飞机，服务网络遍及美国东南部城镇。1995 年，大多数飞机都是巴西航空工业公司制造的巴西利亚型。这种机型性能良好，拥有当时先进的电子设备，最高时速可达 608 公里。

这种飞机多用于往返于城市之间的支线航班，就像是空中巴士一样。对于飞行机组而言，每天要飞好几班，工作长达 15 个小时，非常辛苦。因为要频繁来回于城市之间，所以航班延误是经常的事。

◎当时最时髦的涡轮螺旋桨飞机

◎空服人员热情地与乘客打招呼

受伤铁鸟

候机大厅里的乘客对于延误了半个小时的 529 航班非常不满。他们不像其他乘客，如果是出去旅游，这半个小时也许不算什么，但他们大多是因公事而搭乘这趟航班的，时间耽误不得。

中午 12 点左右，姗姗来迟的 529 航班开始登机。牢骚满腹的乘客们一一登梯进入机舱。面带微笑的空服小姐罗宾·费克在机舱口友好地打招呼并为乘客们引导方向。

她在航空公司工作刚满两年，是个热情、美丽的姑娘。海蓝色的工作服刚好映衬出她雪白的皮肤，金黄色的头发整齐地扎成髻盘在脑后，给人很清爽的感觉。眼睛很大神采飞扬，水汪汪地透着亲切的气息。刚刚还抱怨着的乘客们见了她都舒展开了眉头，微笑着走向自己的座位。

这架飞机的机舱非常狭小，只有 10 米长，但是光线柔和，座椅也很舒适，对于通勤飞机来说已经足够了。这种飞机是当时速度最快、最漂亮、最时髦的涡轮螺旋桨飞机，但对于飞行员来说比较难以掌握，就像谢尔曼坦克一样。罗宾·费克认真地检查了所有乘客的安全带，并建议乘客们即使飞机平稳时最好也不要解开，以防飞机遇到气流。确认没有问题之后她便走向自己的座位熟练地系好自己的安全带。

12 点 25 分，起飞检查完毕，飞机准备起飞。

◎飞行员做起飞检查

◎机长埃德·加纳威

◎副驾驶马特·华默丹

受伤铁鸟

客舱内一共有 26 名乘客，年龄在 18 到 69 岁之间，都经常乘坐通勤飞机。坐在飞机头部驾驶舱内的是本次航班负责人机长埃德·加纳威和副驾驶马特·华默丹，这是他们今天的第二项任务。虽然他们合作才刚四个月，但相处融洽，非常默契，都是有着丰富经验的飞行员。

埃德·加纳威在东南航空公司服役了 7 年。

他出身于飞行员世家，是一位经验丰富、技术高超的机长。他那金色充满朝气的短发、深邃的蓝色眼睛、高挺的鼻梁，加上方正的脸部轮廓，整体看上去有一种硬朗的帅气。虽然年轻，他却和其他年轻人有很大的不同，敏捷而周全的思维赋予了他成熟的心。白色制服衬衫加上一条黑色领带虽然简单，可穿在他身上却透着冷静且一丝不苟的作风。

副驾驶马特·华默丹身材高大魁梧，有 183 厘米的身高，体重 91 千克。

巴西利亚型飞机的驾驶舱对他来说非常狭小。稀疏的棕色头发、圆圆的眼睛、时常上扬的嘴角，使他看起来是个很开朗的人，笑起来还有深深的酒窝。他还有一个美满的家庭，与妻子艾米十分恩爱，令很多人羡慕不已。

动力与自动桨翼变距检查完毕后，航空公司开始呼叫 529 次航班，指示他们起飞。两位飞行员应答完毕，调整飞机速度，收起起落架，飞机向前滑行，速度逐渐加快，方向是 60 度。

所有人都抱着很平常的心态搭乘这次航班，根本没有想过接下来会发生怎样惊心动魄的事情。这架巴西利亚型飞机已经成功飞行了 1.8 万次，今天，它将踏上最后一次旅程。

刚起飞的飞机都会有一些震荡。"过几分钟就会平稳了。"机长加纳威呼叫空服人员说明情况，经验丰富的罗宾·费克明白这是正常现象，脸上一点儿紧张的表情都没有，依然保持着她亲切的笑容。

这时，机舱里也是一片和谐的气氛。虽然飞行距离并不远，但忙于公事的大卫·麦考凯尔还是忍不住要打盹。

他留着浓密的八字胡，鼻梁上架着一副黑边方框眼镜，鬓角还掺杂着一些白发。白色的休闲西装虽然款型简洁但看起来很有档次，一副知识分子的模样。那时的他是一家软件公司的副总裁，经常到处出差，挣的钱很可观。这次他要去格尔夫波特参加

◎疲惫的大卫·麦考凯尔忍不住打盹

◎查克忧心忡忡地望着窗外，仿佛预感到危险的逼近

◎乘客们都平静地等待着飞机起飞

受伤铁鸟

一个重要的会议。坐在他左前方的是一个身着黄色T恤很胖的年轻男子,他叫查克·普菲斯特尔,在纸业公司工作,公司派他去一家造纸厂谈合同。

或许是飞机爬升过程让他感到不适,这位年轻人情绪很紧张。他皱着眉头,嘴唇也紧紧抿着,眼睛望着窗外,仿佛有预感这将不会是一趟简单的飞行。其他乘客有的看着今天的报纸,有的相互笑着聊天,完全没有意识到一场灾难即将降临。

接到地面航空公司的指示,飞机开始向6 000米爬升。和往常一样,两位飞行员按照地面指示熟练地控制着飞机的一举一动,没有丝毫的怠慢。接下来又接到向7 300米爬升的命令,但这个高度对于529航班来说将是遥不可及的了。

一切都很顺利,飞机继续向7 300米爬升,到达一定高度后加纳威放心地按下自动驾驶的按钮。

突然,"轰!"一声巨响让所有人的心都提到了嗓子眼。那声音就像是有人拿着

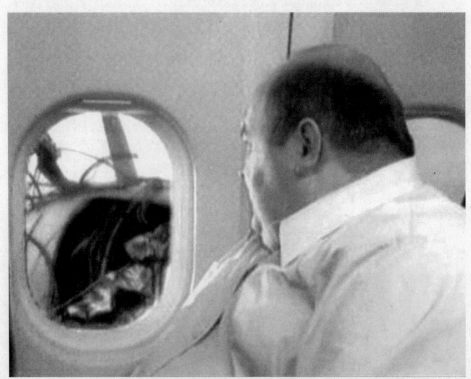

◎窗外的一幕让查克和所有乘客胆战心惊

一根棒球棒，用尽全力来击打一个铝制垃圾箱一样，震耳欲聋。飞机马上就向左倾斜了，并且不时地摇晃起来。机舱里顿时像炸开了锅，人们再没有心情看报闲聊了，有人甚至害怕得叫出声来，他们不知道究竟发生了什么。被巨响惊醒的大卫·麦考凯尔发现所有乘客都焦躁不安起来，目光都聚集在左边的窗外。此时窗外的场景让人感到极度惊悚。飞机发动机的外壳已经被撕裂下来并且消失不见了，里面的部件清晰可见，甚至还能看到发动机里面的液体正从机翼的后面流了出去。

驾驶舱内，警报灯和警铃同时打开，报警指示是左边的引擎出现了故障。两名飞行员都专心处理这突如其来的状况，无暇回过头去看看外面真实的情况。加纳威努力控制着飞机，凭他以往的经验，他认为报警指示的这种问题应该能够控制。

受
伤
铁
鸟

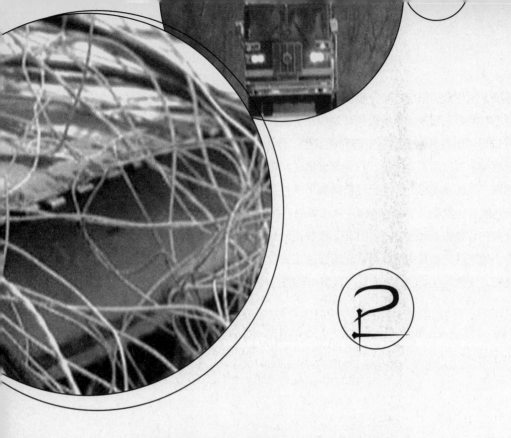

极速下坠

　　发动机中泄漏的燃油流进了空调系统，机舱内开始冒白色烟雾。被吓得不轻的罗宾·费克再也坐不住了，虽然害怕，但是职业操守告诉她应该镇定自己的情绪，否则乘客们将会更加惊慌。罗宾·费克打开了自己的安全带，快速整理了一下衣襟，深吸了一口气，左右摇晃着走向客舱。"请大家不要惊慌，飞机出现了一些故障，驾驶员正在紧急处理，我们能挺住。"听到空服人员的解释，大家不约而同地安静下来，但是脸上的神情依旧凝重，他们能感觉到自己的生命正接受命运的考验，但还有一丝希望活下去。

　　驾驶舱内，两名飞行员仍在努力控制飞机。

◎飞行员努力控制着飞机

　　加纳威命令华默丹进行顺流交距操作，改变螺旋桨的角度，以减小空气阻力。两位经验丰富的飞行员一向很默契，他们相视一笑，给了彼此信心与鼓励。不论怎么样，他们决定尽力保住飞机，保住 26 名乘客的生命，即使到最后一刻也不能放弃，绝对不放弃！

　　就在这时，警报灯指示左侧引擎着火。加纳威立即命令切断左侧燃料供应。他开始感到困惑，该做的都做了，可是无论怎么努力，飞机还是严重向左倾斜，他只好用两个方向舵和控制杆尽力向右转。过硬的心理素质使他仍然保持着冷静，他知道自己肩负着怎样的责任。

　　左侧机翼损坏使机身不断向左倾斜，若不是飞行员的努力，飞机马上就会旋转着撞向地面，机上每个人都难逃厄运。然而遗憾的是，加纳威始终将注意力集中在处理紧急状况上，没有回过头去看看外面的真实状况，这是十分关键的。此时的发动机已经变得奇形怪状，不仅出现了故障停止了运行，而且离开了原来的位置倾斜了。机翼的浮力大大减弱，机身因此不断向左转向。"我需要你的帮助，快点帮帮我！"加纳威让华默丹和他一起把方向舵尽力向右转，这样才能勉强保持飞机直飞。但有一个问题仍然困惑着他，为什么调整螺旋桨角度没有减小拉力。

125

受伤铁鸟

"已经调整角度了？"加纳威并没有感觉到飞机调整螺旋桨角度后该有的变化。

"确实调整了！"

华默丹同样觉得很奇怪，在他们看来一个发动机失灵的状况并不是很难解决才对，因为这种飞机可以在只有一个发动机的情况下飞行。可他哪知道他们只注意到几个关键数据：方向、高度、速度和那个正常的发动机的动力，完全不知道发动机已经离开了原来的位置。

时间一分一秒地过去，飞机高度此时又下降了 900 多米。

客舱内，安静得可怕。罗宾·费克拉开了离左侧机翼最近的窗户看了下机翼的状况，发现左侧发动机已经损毁并且移位了。看乘客们的表情都很紧张，她便向他们解释飞机只有一个发动机也能飞。可是乘客们的反应并不理想。为了使乘客们心情能够安定一些，罗宾·费克把乘客旁边窗口的窗帘一一拉了下来，毕竟，看见自己随着飞机极速下坠肯定会心慌的。

"把窗帘拉下来吧，先生。不用一直看着它，我们会平安无事的。"查克·普菲斯特尔从飞机起飞开始表情就一直没有舒展过，现在的他甚至显得有些愤怒，毕竟这很可能就是生命最后的时刻了，让自己再多看几眼这个世界有什么错。他在公司表现一直不错，签完这笔合同很有可能就升职了，在事业蒸蒸日上的时候却要面临如此的灾难，心里百感交集，虽然男儿有泪不轻弹，但此时他的眼里也忍不住噙着泪花。

"噢！没关系的。一个发动机就是这样。"不知道是因为飞机摇晃还是看到眼前连这个大男人都快要控制不住自己的情绪，罗宾·费克声音有些颤抖。

"我们能行吗？"查克问。"哦，先生，我们当然能行。"虽然自己也不是很确定，罗宾·费克依旧肯定地这样说。毫无疑问，她得告知乘客们现在情况没有那么糟。然而从她闪烁而迟疑的眼神中，查克明白事情不会像她说的那样轻松，或许，飞机真的出了问题，而且是很大的问题，最后的结果很可能避免不了是个悲剧。

飞机现在离地面仅有 4 400 米。

飞行员已经减慢了飞机下坠的速度，但空速提高到了每小时 1 600 米。加纳威机长非常困惑不解。并不是说他从没有遇到过这种状况，他曾靠一个引擎驾驶过巴西利亚型飞机，着陆也并无困难。他心里默默猜想，这架飞机肯定有别的严重问题。为了保险起见，他决定呼叫亚特兰大中心。

"亚特兰大中心。ASA529 航班报告紧急情况。一侧发动机失效。目前高度不到

4 300 米。"加纳威目不转睛地盯着前方，手里仍紧紧握住方向舵，鬓角上露出了豆大的汗珠。

华默丹看见他神情没有先前那么泰然了，心里不由一紧。没有多问什么，他知道现在唯一能做的就是好好配合加纳威将危险系数降到最低。

地面指示他们左转飞回亚特兰大。收到指示，正在阿拉巴马上空的 529 航班开始左转，想折回亚特兰大，但机场远在 93 千米之外，对于这只受伤的铁鸟来说困难重重。

飞机又开始极速下坠。报警灯一直在闪，警铃叫得让人不能安心。为了稳住不安的心，华默丹关闭了主报警系统，让报警器安静了下来。加纳威机长会意一望表示感谢。脑海里，他不停地翻阅过去的经验，想找出一些端倪。突然，机头开始上升，飞机的时速也降到了 298 千米。驾驶舱里紧张的气氛暂时得到了缓解，两名飞行员同时松了

◎机长告知空服人员一侧发动机失灵，飞机正往回飞

一口气，飞机总算稳住了。

"529 航班，请报告目前高度。"亚特兰大中心一直担心着这架摇摇欲坠的飞机。

"目前高度 11 600。"虽然飞机情况开始好转，但这个高度还是让人胆战心惊。

"嘟……嘟……"空服人员座位旁的电话响起。

危机发生之后，飞行员第一次有时间打电话给罗宾 · 费克让她安抚乘客们的情绪。

"罗宾，我们一个发动机失灵，已经报告了，现在正返回亚特兰大。跟乘客们说

◎空服人员让乘客做紧急姿势

◎空管人员与飞行员密切合作，却忘记通知救援

明情况。我们要紧急降落。"这时，新的问题出现了。费克并没有告诉飞行员发动机已经损毁并且移位，她以为他们知道这个情况。罗宾听见华默丹的语气还算平缓，心里的石头落下了一半。她想，只要有办法让飞机安全着陆就行，乘客们的安危最为重要。罗宾让所有乘客都温习了一遍紧急姿势，防止降落时冲击力过大导致脑部受伤，并且告知最靠近门的一位女士飞机一停下来就把门打开。

这些预防措施很重要，如果没有提前告知，恐怕飞机一停，乘客们会乱得一团糟。

气氛刚刚舒缓一些，加纳威的眉尖又凑在了一起。飞机又开始以每分钟 914 米的速度下降了。他的经验告诉他飞机支撑不到亚特兰大。此时高度是 3 100 米。

"我们需要最近的机场，飞机支撑不到亚特兰大。"加纳威叫华默丹联系控制中心。

"我们还在继续下降，我们要在最近的机场迫降。请做好救援准备。"华默丹的心又揪了起来，他意识到危险再一次降临。

"最近的是十点钟方向的乔治亚机场，距离大概是 16 千米。"控制中心人员盯着眼前的雷达屏幕，听到飞机状况很危险不由得慌张起来。这是一个年轻的工作人员，在控制中心工作才两个月。

飞机遇到险情的时候，光是靠飞行员努力往往是不够的，在这种分秒必争的时刻，地面与空中的配合是至关重要的，这关系到飞机上的每一条人命。然而空管人员由于专心处理 529 号航班的紧急情况，忘记了关键一点——通知救援人员！

飞机再次向左转，飞往乔治亚支线机场去降落。加纳威的脸色开始变得苍白起来，因为从开始到现在他一直没有找到事故的原因，心里很没底。

飞机高度仅有 2 800 米了，连 3 000 米都不到。

"找出发动机检查清单。"一直用力的加纳威显得有些支撑不住了，他的五官都扭曲在了一起。华默丹看到平时一向冷静的机长变成现在这个样子，心里着实很害怕。连忙翻出一本黑色封面的记录本开始查找，但是动荡不安的心让他根本没有心思去查找资料，更何况机身不停地在摇晃，要看清那本小小的记录本上写了些什么真的很不容易。华默丹的身体都有些颤抖了。他和妻子艾米结婚快要一年了，再过几天就是他们的结婚纪念日，而且昨天刚得知艾米怀孕的消息。本来可以和妻子甜蜜地度过这浪漫的一刻，想到这里，华默丹心里一阵酸楚，他不知道今天是否还能够再看一眼心爱的人，还能否看到未出世的宝宝，尝到当上父亲的喜悦。

"529 号航班，报告方向。"

129

受伤铁鸟

"目前转向大约 30 度。"

"529 航班，收到。你需要再转 30 度，先生。"

"收到，我们可能右转。目前控制有困难。"飞机的不平衡导致方向控制很艰难。

加纳威命令华默丹放下清单，打开内燃机。时间越来越紧迫了，在空中摇摇欲坠的 529 航班到底还能支撑多久，没有人知道。

报警器开始发出警报，他们离地面太近了，只有 2 100 米了。

"配平失败！配平失败！"问题似乎越来越多了。

"好的开端。"加纳威无奈地撇了撇嘴。华默丹有点不知所措，这种时候机长还有心思和他开玩笑。但是他明白，加纳威心里肯定很不是滋味。他是那么优秀的一名飞行员，对每一个乘客都充满了责任心，他曾因为多次成功处理飞行中的事故而受到嘉奖。可是现在，他们安全着陆的希望似乎越来越小了，这么多人的性命都挂在他们两个人的脖子上，压力可想而知。问题频繁地发生几乎要使人崩溃。

"西乔治亚支线机场是离你们最近的机场。"到现在为止，控制中心人员仍旧没有意识到他忘记了呼叫救援人员。

"什么样的跑道？情况怎么样？"加纳威想确定跑道情况对飞机降落的影响有多大。

◎乘客们必须将饮料倒在前面袋子里，这一反常举动让很多人心生忧虑

"西乔治亚支线机场跑道的降落高度是 1 500 米，沥青路面，先生。"529 次航班现在已经降到了 2 100 米。要赶在飞机再下降 600 米的时候到达西乔治亚支线机场并没有那么容易，飞机下降得太快了。

客舱里，罗宾·费克看见飞机还是在不断下降，猜想飞行员还是没有把问题解决。她必须做最坏的打算来制定预防措施。"好的，大家听我说。现在把笔和尖的东西从口袋里拿出来。把眼镜取下来，把饮料倒在前面座位的袋子里。"

大卫·麦考凯尔经常乘坐这种飞机，以前遇到气流时，空服人员也告诉他要把尖锐的东西从袋子里拿出来以防插伤，可是从未提过把饮料倒在前面位子的袋子中，这让他很震惊。他隐约觉得情况不太妙了，飞机靠一个发动机不是行得通的吗？现在飞机到底是什么情况？一连串疑问在他的脑子里翻搅，这种感觉让他头痛，虽然他还没有做最坏的打算。

相比之下，查克一直就没有觉得事情乐观过，他甚至考虑到自己就要死了，脸上布满了悲伤与绝望，他试着说服自己坦然接受将要到来的一切。闭上眼，他回想着自己曾经的快乐时光，想到养育他长大的父母肯定难以接受他死掉的事实，他们会多么的伤心。死亡很令人害怕，可是眼看着死亡就要到来却什么也做不了的感觉让人窒息。

坐在第一排的一位女士紧紧握着旁边一名老妪的手，虽然她们上飞机时才刚刚认

◎乘客们很紧张，脸上写满了绝望

识，但在这种危机时刻，命运将她们的心牢牢地绑在了一起，她们一直互相鼓励着，勉强压制了对危险即将降临的恐惧。"好的，现在练习一下，把安全带解开再系上。"这位女士也是一名空服人员，对于如何在危险时逃生有一定的了解。"如果有烟，我们前面的门是锁着的，我们要跪下来，向后爬。"她边说着边向后望去，看看离出口有多远，"我们要在第五排座位出去。"老妪点点头，表情却有些麻木了，她被吓得不轻。

飞机还在迅速下降。亚特兰大机场通常只面对高度 3 350 米以上的飞机。529 号航班在 3 350 米以下，空管人员找不到他们的位置了。

"我在雷达上看不见你们，请报告高度。"

受
伤
铁
鸟

"目前高度 1 370 米！"

"找到你们了。请左转 10 度。"

西乔治亚支线机场只有 12 千米远，航程要两分钟。加纳威和华默丹都倒吸了一口气，他们不知道飞机能否在空中飞行两分钟。空管人员让他们与"亚特兰大接近"联系以便取得更多信息。然而还是忘记了通知救援人员。

"亚特兰大接近"空中管制中心管辖范围很小，其中包括西乔治亚支线机场。

"先生，我们报告紧急情况！"华默丹甚至不敢向前看了，他生怕下一秒飞机就冲出云层撞向地面了。

"亚特兰大接近收到。这里下降高度为 1 036 米，请你们把航向定为 160，定位信标频率为 111.7。"空管人员突然收到紧急报告，一向清闲的管制中心气氛一下子就沉了下来。

◎一位女士撕下书的封面给儿女写下绝笔

529 号航班目前高度已经不到 1 036 米了，下降速度减到了每分钟 550 米，但还是太快了。

一些乘客的脸上写满绝望，其他人既愤怒又痛苦，多数人都在想心爱的人，有人拿出一本随身携带的小相册开始重温照片上的一张张笑脸，努力记住家人的微笑，算是伴自己走上生命的最后一段路。大卫开始怀念和前妻的生活，虽然经常斗嘴，但还是充满了生活的味道。自从和她离婚后大卫从没有主动联系过她，但在这种生死攸关的时刻，她的唠叨，她时而孩子气的笑容，甚至是生气的样子却一一清晰浮现在脑海。他开始后悔没有把握好属于自己的家庭，如果有机会他希望一切可以重来。坐在第一排的那位女士撕下一本书的封面给孩子们写下绝笔："我爱你们，你们是我生命中的阳光。永远爱你们的妈妈。"

◎机长第一次回头看发动机，对于真实情况感到震惊

"我们应该祈祷。"女士握住老妪的手，两人眼里都含着泪水，她们希望上天可以保佑她们躲过这场灾难。

◎飞行员努力摸索控制飞机的方法

受伤铁鸟

7 分钟过去了。加纳威机长第一次扭头看了一眼左侧发动机。

这一望，让加纳威的心理防线彻底崩溃了。机器设备并没有显示这一点，发动机不是简单的失效，而是悬吊在机翼上。一个发动机失效，他可以让巴西利亚型飞机着陆，但不是在发动机移位的情况下。他没有接受过这种训练。

"发动机坏了！就挂在那。"回过头，加纳威两个眼睛都瞪圆了，嘴巴大张着，连气都不敢喘了。与机长的眼神交会中，华默丹知道他们难逃厄运了。

加纳威真后悔为什么没有早点回过头去看看，为什么这么相信自己的判断而忽略了外面真实的情况。如果早一点儿争取时间，凭借两名出色飞行员的资质，或许可以找到缓解问题的方法，但他们一直都不知道问题出自发动机移位而不是失灵。现在，即使知道了，也无济于事，因为太晚了，灾难将不可避免。

空管人员让 529 号航班再向南飞行几英里。加纳威知道他没有多余的时间了。

"我们可以目视着陆。告诉我们航向。"他询问航向，准备利用最短路线直接飞进机场。

目视着陆是在可见天地线、地标的天气条件下，能够判明飞行状态，目视判定方位然后着陆的一种方法。

突然，他们冲出了云层，但眼前的状况差到了极点。他们的面前没有机场，只有森林和村庄。

◎飞机突然冲出了云层

一向利落的加纳威机长开始结巴起来。飞机离地面越来越近了，只剩594米。

"一、一、一侧发动机检查清单！"

"到底在哪里？"华默丹再也没有时间找到了，他额头上的汗珠顺着脸颊一滴一滴往下掉。

客舱里，所有人都倒吸了一口气。飞机下降如此之快，以至于在数分钟内穿出了云层。但他们都不知道情况比他们了解的要复杂得多。罗宾·费克迷惑不解，6分钟前，华默丹告诉她飞机将飞回亚特兰大，但她看到的却是乔治亚乡村。

"高度只有580米，我们在云层下面。"

"580米？"空管人员目瞪口呆。

"是的，我们在目视飞行。能告诉我们机场的航向吗？"

"向左转，航向040，大概十点钟方向，距离你们9 600米……"没等空管人员说完，雷达通讯就断了。任凭他怎么呼叫529航班也无济于事了，飞机离地面太近了。一分钟前它的高度还是1 036米，下降速度实在是太快了。

在空中坚持了不到10分钟的529号航班终于还是难逃厄运，死神正在向它招手。

"记住，要保持这个姿势。一旦到达要去的地方，要等到飞机完全停下来才能出去。好的，请采取紧急姿势！紧急情况姿势！先生，头朝下！头朝下！"罗宾·费克使出全身力气大声叫乘客们采取紧急姿势。所有乘客紧紧抱着头，弯下腰，将头靠在前一排座位上，眼睛紧闭着，有人已经压制不了情绪开始抽泣起来。死亡离他们只有一线之隔。

罗宾·费克太关心乘客安危了，她向窗外望时突然看见了树梢。在飞机坠毁前她明白自己只有几秒钟时间跑到弹跳座椅上系上安全带。

"紧急情况姿势！大家把头低下！抓牢了，情况非常危险！"罗宾·费克系好安全带，最后一遍叮嘱乘客们。

机场只有四英里远了，但这架残废飞机已无力支撑。飞行员只好试着在野外迫降。

"帮我稳住它……"加纳威同飞机一样也快无力支撑了。

"在那儿！"华默丹看见了机场。

"帮我稳住它！帮我稳住！"飞行员在做最后的努力。死亡吹响了号角。

飞机高度报警器警告飞行员距地面太近，起落架还没有放下来。每一个人都能清楚地听见外面树枝摩擦机身的声音，就像是在撕一卷胶带一样，再加上机舱里因剧烈

◎经历重重波折的飞机最终撞向地面

◎华默丹在飞机坠毁的前一秒想起他的妻子

震荡而引起照明灯的忽明忽暗，很可怕，仿佛是死神为向他们宣战而奏响的命运交响曲。

"帮我让飞机降落！"加纳威试图让机腹着陆。他别无选择。飞机眼看就要撞上地面。

"艾米，我爱你！"华默丹的这句话成为驾驶舱录音设备最后的一段录音。

飞机时速222千米，距离坠毁只有几秒钟。

同一时间，在乔治亚州卡罗尔顿一个平静的乡村里，一切都和往常一样。大片的田地上，几只奶牛悠闲地啃着青草，美丽的姑娘戴着头巾一边挤着牛奶一边用手擦拭着额上的汗水。稀稀疏疏的一些农户的平房不规则地坐落着，气氛一片祥和。

◎飞机失事在这个安静的小乡村

◎机身断裂，乘客们却全部幸存

137

受伤铁鸟

比尔杰特斯和妻子住在田地尽头的一座房子里，恰在飞机必经之路上。当时，妻子正坐在厨房里看书，比尔杰特斯则在客厅里看着球赛。

突然，外面发生了剧烈的响声，把比尔杰特斯的妻子吓了一跳。"亲爱的，我们最好赶紧出去，飞机要撞上房子了！"她看见一架飞机从半空中穿过丛林，径直朝他们房子的方向驶来，觉得大事不妙。

比尔杰特斯立即拉着妻子跑了出来。庆幸的是，飞机在撞上房子之前停了下来。

"天哪！你快去打电话给911，我去看看能帮上什么忙。"比尔杰特斯也顾不上危险，朝着飞机方向飞奔过去，眼前的景象令他咋舌。机身从中间裂成了两段，隔着浓烟隐约看见飞机座位上有人，但是都没有动静，周围除了飞机冒烟的嘶嘶声之外安静得可怕。

"紧急情况？"接线员是个年轻的女子。

◎燃油泄漏引起大火

"是的，一架飞机在我家后院坠毁了！"比尔杰特斯的妻子边喘着气边说。

"一架飞机坠毁？"女子大吃一惊，马上拨打了救援电话。

从副驾驶华默丹报告出现紧急情况，要求亚特兰大中心通知紧急救援人员至今，时间已经过去了8分钟。但空管人员没有通知紧急人员。几分钟意味着生与死。当地急救人员迅速反应，但他们距离事故现场并不近。

尘烟散尽后，机上29人奇迹般地全部活了下来，只有几个人在坠毁时受了重伤。如果救护人员这时已经在现场的话，可以说多数人都能化险为夷了。

机舱内，查克最先醒来。他不敢相信自己的眼睛，自己居然还活着，居然还在这个世界上，实在是太值得庆幸了。解开安全带，他知道此刻最重要的是马上逃出去，因为不知道接下来还会发生什么。他走出飞机，走到了离它很远的地方才停住脚。

果然，又出现了新的险情。机翼下方的油箱破裂了，燃油流到了地面上。

大卫·麦考凯尔也苏醒过来，出口的地方已经着火了。他的第一反应就是飞机快要爆炸了，他得赶紧离开这里，此时火势还不算严重，大卫急忙从火上跳了出去。

不一会儿，火花点燃了燃油，引起了熊熊大火。短短几秒钟，火势蔓延到了机身。在飞机后部，乘客们已经被大火包围，温度高达1800摄氏度，整个飞机仿佛一个大火球。里面有的人为了逃生仍然不顾一切冲过火去，但火势太旺了。里面的乘客能听见外面田地里传来尖叫声，正是刚刚冲出去的人，他们已经深陷火海。大卫回头一看，刚刚逃出来的出口处已经完全被大火吞灭掉了。飞机里逃出来的乘客浑身是火，有的人

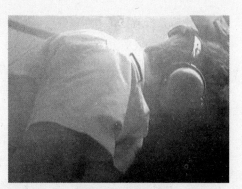
◎机长已经不省人事

◎为了逃生，乘客们必须跨越熊熊大火

◎ 逃出来的乘客多处灼伤

139

受伤铁鸟

在草地上打滚，想把身上的火扑灭，但情况反而更加糟糕了，因为草地上都是油，只会让他们身上的火更大。

局势变得越来越可怕了，没有逃出来的人在出口处缩在了一起。女人们大声哭喊着，既悲痛又绝望，如果救援人员还不来，她们猜想着自己会变成灰烬随同这架飞机一起毁灭。男人们很想冲出重围，可是看见外面的人的情况，吓得一步也不敢迈了。

温度实在太高了，有些人露出了红红的皮肤，被大火烧伤了的鲜红的皮肤。事实上，你还可以看到有些人的肌肉，不论身上还是脸上，已经被火烧得暴露在外面，眼

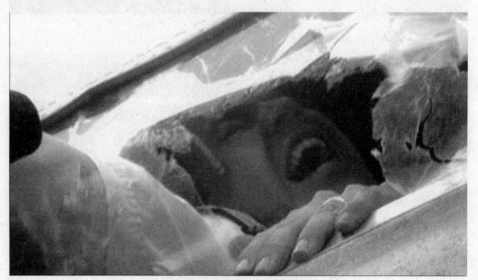

◎困在驾驶舱的华默丹向乘客求助

看就要掉下来了。剧烈的疼痛和浓烈的气味甚至让有的人再次昏厥过去。整个场景惨不忍睹。

驾驶舱里，门已经因为撞击而变形了，带有浓烈气味的黑色烟雾慢慢渗透进来。

机长埃德·加纳威在坠毁过程中头部受到撞击，昏迷了过去。

副驾驶马特·华默丹被气味刺激醒来，意识到他们被困住了。怎么办？时间很紧迫容不得他多想，他顺手够到了旁边的救生斧，窗户是唯一的出路，他必须击碎玻璃逃出去。用力一挥，华默丹便猛然感到一股莫大的疼痛充斥全身，原来在坠毁时他的右肩脱臼了，情急之下，他只能用左手挥动斧子去砍窗户。然而，身材高大魁梧的华默丹在驾驶舱这狭小的空间里如何施展得开身手，更何况飞机上的玻璃比汽车的挡

风玻璃要厚得多。它是由好几层合成物质组成的，这些物质是经过冶炼加工在一起的，硬度非常大。华默丹每挥动一次斧子，只能砸下一些小小的玻璃碎片。

"我需要帮助！"华默丹看不清外面有没有人，但他希望有人发现并且来帮助他。

大卫·麦考凯尔知道飞机随时可能爆炸，但那时没有人比他离华默丹更近了。犹豫了一下，大卫·麦考凯尔还是决定冲上去救他。

"你能帮我吗？里面空间太小了！"华默丹把斧子从他凿开的小洞中递给大卫。

大卫清楚地看见他的手臂已经被不断蔓延到驾驶舱的火苗烧掉了一层皮。不容置疑，如果再不动手，华默丹肯定会被烧死。

"我该往哪砸？"

"这里……等下，先让我喘口气。"副驾驶座后面的氧气瓶被扎破了，这让驾驶舱的火势更旺了，浓雾充满了机舱。

◎姗姗来迟的救援人员

大卫用尽全身力气砸了几下，洞口变大了。华默丹想试图挤出去，可是他太魁梧了，洞口还是太小。几经努力之后，大卫·麦考凯尔开始筋疲力尽。突然，一股烈焰从驾驶舱下向他扑来，衣服也被火熏黑了，他不禁惊恐得后退。

"你不想让我死，对不对？"华默丹看到了大卫

◎驾驶舱温度越来越热，华默丹情况危险

受伤铁鸟

迟疑的眼神,他恳求大卫不要放弃救他。此时大卫心里火烧火燎,很难取舍。他有孩子,他必须为孩子着想。火越来越大了,好不容易才逃出来,又怎么能为一个素不相识的人牺牲自己?可是看到华默丹渴望活着的眼神,他还是下定决心,更快更用力地挥动斧子。

然而,老天偏偏要和他们作对。,使用起来很困难。

"这里越来越热了,·救我出去!"华默丹想让大卫快一点儿砸开窗子。

幸运的是,救援人员陆续赶到了。

大卫看到一名警官正朝他们跑来,二话不说他把斧头递给警察。警察接过斧头,继续用力砸,但效果仍旧不大。他想去驾驶舱后面救出他,可是也行不通,因为那里火势太大了。有个氧气瓶漏了,它附近火更大,根本没办法接近。

消防队员和急救人员轮番上阵。不一会儿,所有乘客都已经离开了断成两截的机身,只有飞行员埃德 · 加纳威和马特 · 华默丹被困在驾驶舱里。

已经没有时间再去砸窗子了,华默丹已经奄奄一息。几名消防人员一起用力几乎是徒手撕开了驾驶舱的门。他们连忙把华默丹拉了出来。

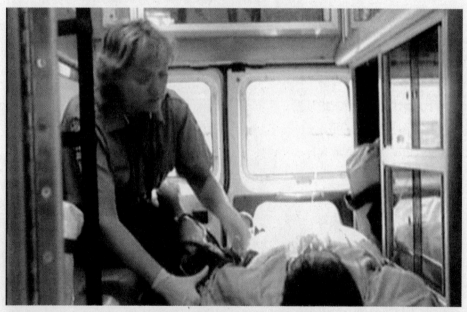

◎救护人员正在给华默丹做紧急护理

◎机长埃德·加纳威在事故中丧生

"告诉我妻子艾米我爱她。"华默丹以为自己活不成了，他的伤势的确很重。

"不，先生，你自己去和她说吧，我会把你救出去的。"消防员鼓励着华默丹支撑下去，不要放弃。

华默丹被送上了救护车，急救员琼正在为他做急救，看到伤势如此严重的华默丹，琼以为他活不下来了。她把他的徽章取下来别在他的内裤上以便确认身份，他身上烧得只剩内裤了。令人吃惊的是，华默丹的意识很清醒。

"一切都会好起来的。"看到琼惊慌的模样他还反过来安慰她。琼不禁感动得落泪，华默丹还用他烧伤的手替她抹去了眼泪。场面很是感人。

救出华默丹之后，消防人员发现加纳威机长已经死去。飞机坠毁时，他的头部被撞伤。由于烧伤和窒息，他再也没有醒过来，永远离开了这个世界。

13 名乘客被送往 15 分钟车程外的卡罗尔顿坦纳医院进行紧急抢救。幸存者中，有一些人骨折，另一些人烧伤程度从轻微到 92% 不等。

刚刚值完夜班的博比·米切尔医生也被叫醒参与紧急抢救。他负责 4 名乘客，当中包括空服人员罗宾·费克。急忙赶到的米切尔一进大门，一股汽油味扑鼻而来，失事飞机上幸存下来的顾客已经在医院里了。紧接着，他还闻到汽油味里掺杂着皮肉烧焦的可怕气味。很多人都被烧伤了。急诊室里，伤者都在痛苦地呻吟着。如果伤者

143

受伤铁鸟

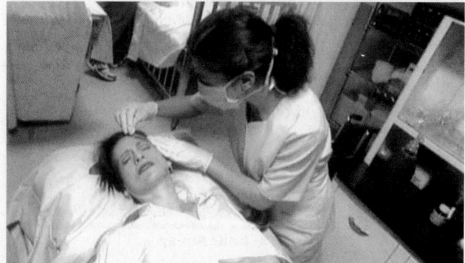

◎空服人员要求先给乘客们治疗

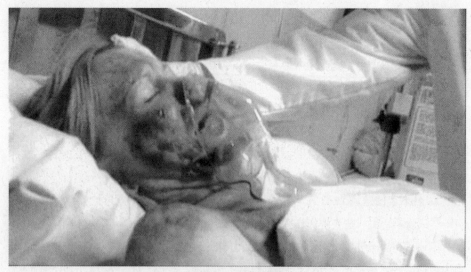

◎被严重烧伤的乘客

皮肤烧伤严重,情况会很危险。因为第一道防线被攻破后,细菌和病毒很容易进入人体,使免疫力大大下降。

连忙套上工作服,米切尔让医护人员把伤患推进他的救护室。第一个被推进来的就是罗宾·费克,但她居然不肯先接受治疗。

"我没关系的,医生。请先医治我的乘客吧,他们伤得比我重!"罗宾·费克一直挂念着乘客的安危。其实,她并不是伤得不重。她的额头上有一道伤口,鲜血已经流到了她那雪白的脸颊上,必须立即缝针。她还有几处骨折,包括锁骨和臂骨,肯定疼得厉害。她这么说完全是在为别人的生命争取时间。米切尔为了不耽误她的治疗,决定让整形外科医生接手。

接下来的几周里,虽然医生和护士做出很多努力,但许多烧成重伤的乘客还是在几经波折之后接二连三痛苦地离开了人世。

米切尔觉得心里很惋惜、很难过。他从来没有在同一个地方,同一个时间里,一下经历这么多身体上的毁灭性伤害、感情上的巨大波折。

随后,米切尔要协助法医对加纳威机长进行尸检。冰冷的停尸间里,加纳威机长孤独地躺在床上,往日的英姿飒爽已不复存在,只留下苍白的面容来面对世人的遗憾与敬仰。"你是个英雄,无论你的灵魂在哪里,都要知道自己做了一件了不起的事。"所有人朝着加纳威深深鞠了一躬,眼眶不约而同地湿润了,他们都怀着一个共同的愿望,希望加纳威可以释放遗憾,永远地远离痛苦,在属于他的天堂里继续怀抱梦想,展翅飞翔……

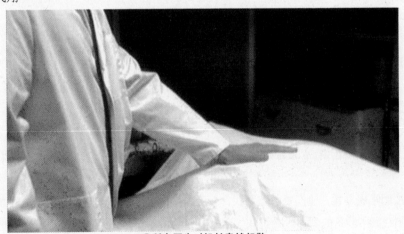

◎所有医生对机长肃然起敬

受伤铁鸟

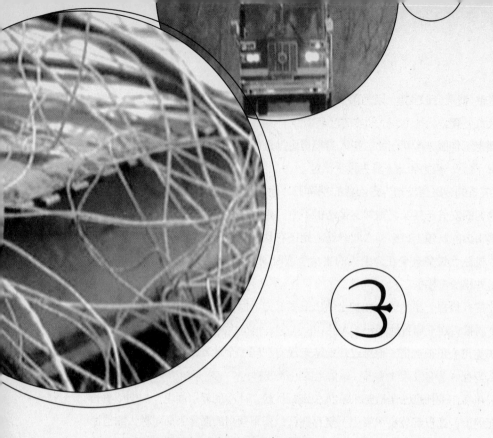

疲劳的零件

　　这次的空难在当地引起了很大的轰动。29 人中，只有 8 人受了轻伤，剩下 21 人都受了重伤或烧伤，其中有 10 人死亡。事故后不久，美国国家运输安全委员会便负责调查此次事件。

　　在现场，委员会的几个小组同时展开工作，每个小组检查飞机一个特定的部分。航空工程师乔丹吉姆·霍奇是螺旋桨推进器维护小组负责人，他怀疑是螺旋桨出了问题。

　　按照常规方式，他们要四处寻找，看看碎片都在什么地方。他们在螺旋桨推进器的周围找到了散落的零件。透过灰尘向下看，沿着断裂面有明显的贝纹线，由此推出这个零件应该属于疲劳断裂。问题的根源让所有人感到惊奇。事故发生的时候，没有人想到发动机失效竟然是由一个螺旋桨叶片造成的。

然而霍奇的怀疑是有原因的。四年前，亚特兰大航空公司一架巴西利亚型飞机从天上一头栽下，坠毁在乔治亚州丛林里，机上23人全部遇难，包括得克萨斯州前参议员约翰塔瓦和宇航员曼利卡特，这让霍奇的印象很深刻。调查那次事故后发现事故源自有缺陷的螺旋桨元件，美国国家运输安全委员会认为汉密尔顿标准公司作为制造商应负此次事故的责任。1994年3月，又有两架飞机的螺旋桨叶片因为金属疲劳而断裂，好在飞机最后都安全着陆。

所有这些事故都指向了汉密尔顿标准公司生产的螺旋桨，该公司一时成为了众矢之的。政府责令检查所有的15 000个螺旋桨叶片。调查人员发现，529号航班的这个折断的叶片曾被宣布危险并被送回汉密尔顿标准公司检查过。霍奇带着断裂的叶片残根，从亚特兰大机场来到了华盛顿NTSB实验室。

第二天早晨，专业人员对编号861398的叶片进行显微镜扫描检查，他们发现了明显的氯沉积物，一种腐蚀性物质，能腐蚀掉螺旋桨叶片内壁。

调查至此，问题已经解决了一半，但是这些氯沉积物到底是从哪来的呢？翻阅了

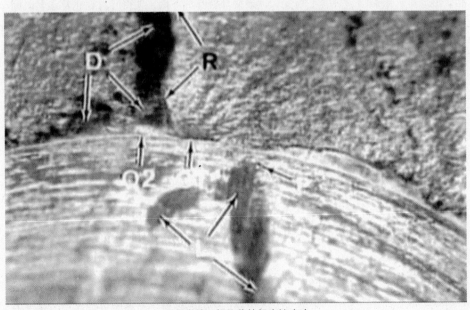

◎显微镜下螺旋桨的氯腐蚀痕迹

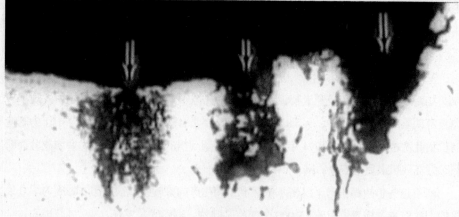

◎三个连续的裂缝最终导致螺旋桨断裂

1994 年那两架出事后的飞机检查实验档案，霍奇找到了答案。以前的螺旋桨失效事故也是由氯腐蚀叶片内壁引起的，而 529 号航班的叶片与那两次事故非常相似，都是在距根部 33.5 厘米的位置断裂的。在显微镜下，调查人员看见内壁上的两道裂纹连在一起，形成了一条裂缝。裂缝不断变长，最终环绕叶片一周，使得叶片在正常运转时断裂了。除此之外 ，调查人员还发现，在距断裂处 3.8 厘米的地方有一连串打磨过的痕迹，这个叶片究竟被做过些什么，有待查明。

霍奇来到汉密尔顿标准公司，寻找螺旋桨维修记录。他找到了维修叶片的机械师克里斯多弗斯科特 · 本德。这名年轻的机械师在电视上看到这起事故的时候并没有想到事故会和自己有关。当全国运输安全委员会的人来到汉密尔顿标准公司找了几位工程师说事故可能是螺旋桨造成的时候，本德心里一沉，那是他维修过的东西，他觉得自己辜负了人们对他的信任，而且，有人因为它死了。想到这，他流下了内疚的眼泪。

问题是，这个叶片是怎样通过检查的呢？螺旋桨的叶片是中空的，要填上重物保持平衡，然后用一个浸过氯的软木塞固定住。在前几起事故中，就是氯造成了腐蚀。但本德检查叶片的时候没有发现腐蚀的痕迹，他只做了公司让他做的事：打磨叶片内壁。结果是，通过打磨叶片，他无意中消除了裂纹的痕迹，后来一次彻底的超声波检查都没有发现这处裂纹，造成了一旦运转，叶片折断使螺旋桨失去平衡，碰到发动机后无法控制地高速转动以至于切断了发动机，剧烈震动甚至让发动机移位，一连串反应最后导致机翼失灵。

全国运输安全委员会要求汉密尔顿标准公司提高检验标准。他们应该对不彻底、无效的检查工作、维修技术、培训、记录和交流负责。

全国运输安全委员会还发现了要不是空管人员疏忽了华默丹在飞机坠毁前 6 分半钟要求通知救援人员，救援人员可以更及时赶到现场。还有一个重要建议就是用更牢固的斧头代替容易断裂的安全斧。

事故调查接近尾声。调查人员赞赏 529 航班的机组人员处理紧急情况的方式，认为他们的反应合理而恰当。

然而还有一个疑问引发人们的思考：怎样才能让燃油发动机里燃烧泄漏时却不起火。如果这问题能够解决，就能把降落后的伤害降到最低。

从 20 世纪 50 年代起，美国海军就在使用一种 JP5 安全喷气燃料，那是一种易燃性弱的燃油，但它没有被用于民航。民航部门有商业利益在里面，民航飞机没有使用易燃性弱的燃油最主要的原因就是可用性、配给和成本的问题。生产 JP5 燃料比生产普通燃料的成本要高。归根到底还是钱的问题，开发这种系统要多少钱、它对飞机整体安全性帮助有多大、谁来承担费用，民航公司不可能不考虑这些问题。然而对于一个普通乘客来说，肯定愿意多付 2 美元去买自己的安全保障。在找到解决问题的方法之前，类似 529 航班的问题还是有可能再发生。飞机坠毁后每个人都还活着，但随后的大火变成了元凶，让人痛不欲生。

事故发生一年后，为了表彰马特·华默丹为拯救乘客作出的努力，飞行员关怀组织给他颁发了荣誉奖章，他代表全体机组人员接受了颁奖。螺旋桨制造商也因此经历了巨大变故。它更名为汉胜公司，被航天航空工业公司巨头联合技术公司收购。由它生产的螺旋桨在 529 航班空难之后再也没有引起事故。它的检查和维修程序变得异常严格，有时甚至超过了联邦航空局的要求。

对于大火的受害者来说，复原是一个漫长而又痛苦的过程。在治疗当中，他们每天都得洗澡，把死去的皮肤剥落下来。皮肤移植手术通常要持续几年，他们必须 24 小时穿着压力服，以减小疤痕，伤口时常又痒又疼，还不能去抓，每天都要做理疗。即使他们治愈了，烧伤部位的感觉能力也会永远地改变，对温度的控制能力也会丧失。他们必须对每件事做事先的计划，去哪里、选择衣服也要更加谨慎。有些感情上和生理上的东西永远失去了。

　　马特·华默丹的治疗时间特别长，他的烧伤面积达到了42%，然而他没有放弃自己的梦想，还盼望着有一天能够重新驾驶飞机上天。为了圆这个梦，他前后忍受了近50次皮肤移植手术。多少个夜晚，疼痛折磨着他，妻子艾米陪着他度过生理上的痛苦和心理上的失望。工夫不负有心人，两年前的一天，华默丹终于完成了培训，驾驶着亚特兰大东南航空的飞机再次飞上了蓝天！固执的他再次实现了自己的梦想，并自豪地说："我又是一名飞行员了，这是一种乐趣。我热爱我的工作。这是我愿意做一辈子的工作！我又可以飞了！"

　　查克·普菲斯特尔的生活再也回不到从前的状态了，心理上的创伤让他更爱喝酒了。他看清了很多问题，"我不仅看清自己是个什么样的人，还知道了我是怎样对待别人的。"

　　大卫·麦考凯尔辞掉了当时的工作，去阿拉斯加当了一名采购员。对人生有了新的认识的他决定和前妻复婚，好好珍惜现在所拥有的，好好生活。随后他们一家搬去了南卡莱罗纳州。如今，已步入中年的大卫·麦考凯尔每天忙碌地工作，下班后一家人围着桌子吃上一顿简单但充满温馨的晚餐，饭后牵着妻子的手在浪漫的月光下散步，聊聊今天发生了什么，晚上再给孩子们说生动的童话故事。从美满的家庭生活中，大卫找到了安慰，找到了生命的真谛，从那次噩梦中彻底走了出来，他同样希望那些逝去的亡灵可以在天堂里释放悲伤，永远徜徉在幸福和快乐之中……

◎529号航班纪念墓碑

1998年9月2日，一架MD-11飞机从纽约肯尼迪国际机场起飞，航班的终点是瑞士的日内瓦，在加拿大东海岸万米高空上突然起火……

第五章

空中烈焰

引 子

　　加拿大的新斯科舍省邻近大西洋，如同所有的海滨城市一样，拥有宁静的海湾、优质海滩、美丽的渔村以及迷人的风光。每到旅游旺季，这里总会吸引世界各地的游客前往，他们沿着辽阔壮丽的海岸线驱车兜风，参观号称"北美洲最上镜头的渔村代表"的佩姬湾和风格各异的法裔居民村、苏格兰人渔村，体验当地民俗风情。

　　与夏威夷的滚滚热浪不同，新斯科舍的海岸是以多雾而闻名。缭绕着淡淡雾气的海湾，给人一种不真实的感觉。蔚蓝的天空与大西洋相接，雾气弥漫在天地之间，为这美景盖上了薄纱，仿佛一位娇羞的少女。阳光点点洒下，一切都被镀上淡金色，如同置身于天堂。深蓝色的波浪激烈地拍打在岸边的大白礁石上，顺着绵延的海岸线望去，是一座高耸着的红白相间的灯塔。塔上忽明忽暗的红灯，努力着穿透水雾，给远航的人们带来希望。这便是加拿大唯一的一个灯塔邮局，许多游客都慕名而来，为的是给远方的朋友寄张满载祝福的明信片，盖上这独一无二的灯塔邮戳，然后带着海风离开，心满意足。

　　新斯科舍盛产龙虾，在很多临海而设别致的餐厅里就可以享受到正宗的海鲜料理。依窗而坐，硕大的玻璃窗将整个海面无遮拦地展现在眼前。

昏暗的烛光下，夜晚大海上的点点星光，新鲜的龙虾，特调的鸡尾酒，耳旁美妙的乡村音乐静静滑过，人们纷纷沉醉在大西洋的怀抱中……

62岁的伊恩·肖就是在这个风景如画的海边经营着一家小餐馆。暮色降临，他手捧着黑咖啡临窗而坐，眼神飘向远方。咖啡的香气缓缓散开，与海风的清新融合，让整个小店充满了温柔的家的感觉……

很难想象，就是在这样一个童话般祥和的地方发生过一起震惊世界的空难事故。伊恩·肖年仅23岁的女儿斯蒂芬妮也正是因为这场灾难而断送了年轻的生命。

天堂的享受

1998年9月2日，纽约肯尼迪国际机场。

瑞士航空公司的111次航班将从纽约肯尼迪国际机场起飞，飞行的终点是瑞士的日内瓦。这次航班的飞机的型号为MD—11，即麦克唐纳道格拉斯11。这是1986年开发、用以取代DC—10的高度自动化机型。当时它被认为是最安全的喷气式客机之一。

瑞士航空自1931年成立以来，在欧美人士的心目中，一直被誉为是贵族航空，这不仅是对瑞士航空一贯贵族式服务的赞美，同时也代表旅客们同样享有贵族般的待遇。普通舱内部空间宽敞，深红色印花地毯搭配上色调为淡米黄的墙壁，舱内的灯光将这一切糅为一体；蓝色的布艺座椅，触感格外柔软，让人宾至如归。经济舱如此，

◎肯尼迪国际机场

◎瑞士航空公司的MD—11型飞机

头等舱就更是不在话下了。瑞士航空公司为了使其业务更具吸引力，在头等舱安装了机上娱乐系统和赌博系统。乘客能够享受到世界上最先进的机上娱乐设施。他们可以在长途飞行过程中上网、看电影、使用信用卡进行娱乐消费，并且可以赌博。虽然如今这样的设施已经相当普及，但在1998年还是一项创新。

起飞时间临近，乘客们陆续由舷梯进入机舱，依次找到自己的座位。他们中大多是法国人、美国人和瑞士人。此次航线连接两个国际金融中心，所以乘客中有很多从事金融行业的人员。素色的职业装，金边的框架眼镜，公式化的微笑与交谈——每个细节都体现出他们的职业性，甚至有的人只是安静地坐着休息也让人有种很"商务"

空中烈焰

的感觉。

在这群商务人士中，23岁的斯蒂芬妮·肖自然格外地引人注目。她是个非常可爱的姑娘，淡金色鬈发绾在脑后，两鬓的碎发随意垂下，粉色的心形发饰平添了几分俏皮。斯蒂芬妮穿着桃红的衬衫和水磨牛仔裤，乳白色剪裁得体的休闲外套使她看上去更加甜美文静。但是，甜美的着装却无法阻止人们去注目她那双眼睛，深棕色的眼睛透出灵气，显出她的聪明。斯蒂芬妮是个幸运的孩子，在不久前刚刚受邀成为世界经济论坛的成员。作为对自己得此殊荣的小小奖励，斯蒂芬妮只身来到纽约好好享受了一个短暂的假期——没有他人的打扰，没有繁重的工作，只有向日葵般灿烂的轻松生活。闭目遐思，快乐的假期生活一幕幕出现在她的脑海中，红润的脸蛋再次不自觉地绽开微笑。结束了休假的她将以正式成员的身份参加在家乡日内瓦举行的世界经济论坛，多么令人兴奋啊。她还清楚地记得当时父母知道她正式受邀这一喜讯时的惊喜神情以及目光中透出的骄傲。想必此时，两位老人家一定正忙着准备丰盛的大餐迎接自己的到来吧……

晚上8点，111次航班准备起飞。机上共有215名乘客、12名乘务员和2名飞行员。

坐在飞机头部驾驶舱内的是负责本次111次航班飞行的飞行员，机长乌斯·齐默曼和副驾驶斯蒂芬·列奥，他们被誉为瑞士航空公司最优秀的飞行员。

◎机长齐默曼谈笑风生

机长齐默曼今年49岁，灰白色头发，有着稀疏的胡须，棕色的眼睛目光深邃，眼角略显深的鱼尾纹表明他是个爱笑的人。他有16 000小时的飞行记录，在瑞士航空任机长已近22年，拥有相当深厚的资历。同时，他还是瑞士国家航空公司的飞行员教练。此时的齐默曼，纯白色的衬衫上精心打着一条黑色领带，非常得体，轻松的表情并不影响他浑身散发出的权威性。他提倡驾驶舱内应该有轻松的气氛，但也因教科书般的严谨而著称。

副驾驶位子上坐着的是 43 岁的斯蒂芬·列奥。浓密的棕红色头发，白皙干净的脸和英气十足的眉眼显得他格外年轻富有活力。列奥的飞行记录也将接近 10 000 小时，是位拥有丰富经验的飞行师。

◎副驾驶斯蒂芬·列奥

按照计划，飞机将于晚上 8 点 18 分出发，所用跑道是肯尼迪国际机场 31 号跑道。如同以往的无数次起飞一样，两位飞行员正在对飞机各项运作做最后确认——松开自动闸，关闭发动机防冰组件，襟翼角度设为 15 度……

肯尼迪国际机场空塔中心开始呼叫 111 次航班，指示他们起飞。

副机长斯蒂芬·列奥应答完毕后，两名飞行员同时向前推进节流阀。飞机向前滑行，慢慢加速，然后升上天空。瑞士航空公司 111 次航班顺利起飞，朝东北方飞向大西洋。

空中烈焰

地狱的召唤

　　没有人会想到，再过不久他们将会面对怎样的悲剧。

　　由于飞行距离不算近，很多乘客都打算利用这段时间好好睡一觉。此刻，面带亲切笑容，衣着优雅端庄的空中小姐已经开始为乘客提供毛毯、食品、饮料、杂志等服务。

　　草草地翻阅完一本时尚杂志，斯蒂芬妮·肖也感到阵阵睡意，将座椅调整到最舒适的角度，盖上柔软的羊毛毯，她便进入梦乡。

　　另一边的头等舱里，长期处于高度紧张状态的商务人士在此刻卸下重重压力，聚精会神地沉浸于机上娱乐设施带给他们的乐趣之中。靠近入口的位子，一位年纪大约60岁上下衣着舒适的老妇人正半卧在座椅上拨弄遥控器。座椅的右手边设置的液晶显

◎热情的空服人员正在为乘客提供服务

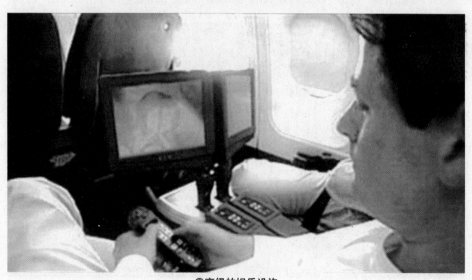

◎高级的娱乐设施

空中烈焰

示器中正播放最新的好莱坞大片。

妇人的面部表情随着剧情的跌宕起伏而在不断变化着。在她的对面，是一位西装革履的中年男子——黑色边框的眼镜，高脚杯中缓缓晃动的红酒。随着赌博机屏幕上显出的金色大字"WIN"，他的嘴角牵起一丝发自内心喜悦的单纯笑容。

飞机舱内一片和谐气氛。

在起飞后的15分钟内，111次航班一直没有收到来自地面控制中心的呼叫。不过，这在齐默曼机长看来并不是什么问题。以他丰富的实际经验来说，这种情况是有可能发生，也许是因为他们还没有进入北大西洋追踪系统，或者只是无线电频率错误。况且，机上没有问题和紧急情况发生，并不一定总是要保持无线电联络，所以他们也没有去主动联系地面控制中心或是空中的其他飞机。

大西洋时间，晚上9：48，飞机高度是9 900米，飞行线路为纽约—波士顿—哈利法克斯—蒙克顿。起飞半小时后，机长齐默曼和蒙克顿进行了第一次通话，大西洋空中交通是由设在加拿大蒙克顿的一个控制中心管制的。简短的通话，齐默曼机长得知空中偶尔会有弱气流，飞机穿越大西洋时一切正常。

飞机构造精密，在行驶过程中，飞行员仍然需要不断确认飞机的飞行状况。液

◎飞机起飞后没有发现异常

◎不明烟雾悄悄弥漫开来

压、高度表、速度表、姿态指引仪、发动机转速表、磁罗盘、发动机用的温度表、进气压力表……斯蒂芬·列奥副机长正按照惯例一一检查着。从他轻松的神情不难看出，各个仪表工作完全正常——一次再平常不过的飞行任务。

"什么味道？"副机长斯蒂芬·列奥突然皱起眉头，习惯性地看向驾驶舱的后方。

◎副驾驶闻到了刺鼻气味，检查了空调系统

奇怪的气味也飘向机长齐默曼的方向："是的，我也闻到了。那是什么？"机长一边顺着列奥的目光望去，一边说："你去看看吧，我来驾驶。"

列奥闻言摘下耳机走到驾驶舱的后方。这里的顶部是空调通风孔附近的地方。有时，客机的空调系统会冒出轻烟，但这不会对飞机产生任何不好的影响。

沉思片刻，又因为担心是乘客舱内引起的问题，所以齐默曼拿起电话呼叫了客舱的空服人员。

"没问题，那儿一切正常。"检查完毕的列奥再次回到副驾驶座上，驾驶舱的后方

空中烈焰

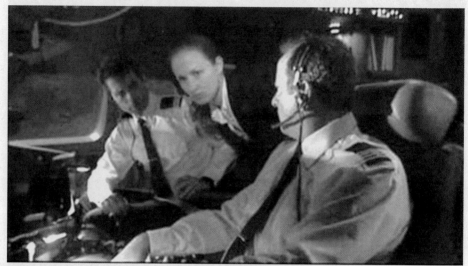

◎空服人员反映机舱内没有刺鼻异味

◎ 乘客们完全没有意识到危险的降临

没有发现类似火花或者燃烧的迹象，也没有再闻到奇怪的味道。

驾驶舱的门开启，刚刚接到电话的空中小姐珍妮走到驾驶座旁边询问有何事宜。她感到些许奇怪，机长一般情况下不会呼叫空服组的。

"几秒钟前我们在驾驶舱内闻到一股烟味。你闻到了吗？" 齐默曼简单说明刚才的情况。

珍妮迟疑片刻后给出了肯定的回答，的确，自她一进门，就闻到了一阵奇怪的味道。

"那么在你进这里之前，在机舱里有这样的烟味吗？"必须确定问题是否来自乘客舱。

珍妮摇摇头，客舱内没有出现这种味道，乘客们都在安静地休息。

不约而同的，在场的人员都确定是空调系统造成的问题了，机长便命令列奥关闭空调，几分钟之前充斥驾驶舱的紧张气氛一下消失。这恼人的空调总是冒出白烟，虽然无害但也确实够吓人，等到结束飞行后真是该和机械师好好反映反映了。齐默曼心想着，嘴边再次勾起轻松的微笑。大家都长舒了一口气，原来只是虚惊一场，于是又各自回到岗位忙碌起来。

漆黑的夜幕下，撒旦露出嗜血的笑容。危险正在悄悄逼近 111 号航班，但是驾驶舱里的飞行员仍然一无所知。

晚上 10：13，也就是航班驾驶舱里的烟雾消失了 45 秒钟后，两位飞行员竟然又再次闻到了烟味。淡淡的灰蓝色烟雾充满驾驶舱，烟雾缭绕，室内的能见度逐步降低，视野变得模糊起来。心中刚刚放下的大石头又被提了起来，情况似乎有些复杂。以往的空调系统冒烟也只是一时的情况，而现在却发生了不止一次。更为不妙的是现在烟雾在不断变浓，并且不时传出伴有烧焦的味道。但是目前飞机还在行驶中，飞行员没有办法立刻找到问题出现的原因，所以只有遵照飞行员的基本飞行理论——不管什么时候看到烟或者看到飞机起火，就应该尽快降落。一旦出现可疑情况，必须将机上乘客的安危放在第一位，尽快降落，保证人员安全以后，如果有时间的话，再去做检查。于是，齐默曼决定调转飞机的方向，让列奥找出离他们距离最近的机场的情况，准备将飞机开往那里着陆。

了解了机长的决定之后，列奥便麻利地做好准备来查询修改航线以及着陆所需要的资料。

气氛微妙发生转变。机长的脸上，先前轻松的神色早已消失无踪，剩下的只是一

片严肃。齐默曼立即呼叫蒙克顿空中交通控制中心。但是蒙克顿空中交通管制中心正和另一架飞机通话，他们只好耐心等待片刻。

晚上10点14分，待到呼叫正式接通后，机长向地面发送了111次航班报告"潘潘潘"（"潘潘潘"是飞机遇到紧急情况时发出的国际通用语，其紧急程度仅比紧急呼救低一级）。

当决定在方便的地方降落之后，机长脑海里出现的最佳降落地点是离他们较近的

◎空管人员接到"潘潘潘"报告

波士顿国际机场。在那里驻扎着瑞士航空公司的一支技术精良、装备齐全的机械师队伍。他们一定有办法找出驾驶舱出现烟味的原因，并解决问题的。此外，齐默曼和列奥两人都曾多次在波士顿国际机场执行过任务，所以非常熟悉那里的跑道环境。通常，当飞机遇到紧急情况时，很多驾驶者都会倾向于选择在自己熟悉的机场处理问题，这至少会让人感到不那么紧张。

当齐默曼向地面控制中心通报，准备在波士顿国际机场着陆时，地面上蒙克顿空中交通管制中心开始忙碌起来。几分钟之前，这里还是一派和谐的工作情景，井井有条，按部就班，直到接收到来自瑞士航空公司111号航班发来的"潘潘潘"报告。

接收报告的是蒙克顿当班联络人员比尔·皮克瑞尔，负责对低空范围飞行航班的管辖。他毛发浓密，留着络腮胡，蓝色的眼睛不时扫视着面前的测量仪表和显示屏。蓝色的衬衫，更显出他严谨的个性。皮克瑞尔清楚地知道"潘"是发生紧急情况时的报告用语，鉴于情况的严重性，他们马上给111次航班优先权。为了防患于未然，在场的另一名高级总监还给救援协调中心打了电话。

地面空管中心再次确认111号航班的要求之后，发出接受他们着陆的指令。111号航班得到指令后开始下降。

纽约—波士顿—哈利法克斯—蒙克顿，111号飞机的飞行路线不变，高度下降到9 300米，飞行终点暂时定为波士顿。齐默曼机长和列奥副机长正为安全到达目的地

而努力。

虽然飞机开始按计划降落，但是空管中心的皮克瑞尔的同事却并不认同齐默曼机

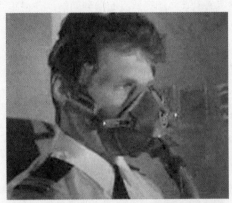
◎浓烈的气味继续弥漫，飞行员不得不戴上面罩

长选择的飞行方案。定位系统显示，目前瑞士航空公司111次航班距离哈利法克斯122 232米，而距离波士顿却足有555 600米。与哈利法克斯相比，波士顿显然太远。如果舍近求远的话，谁也不敢保证在多出的433 368米内不会出现什么，毕竟在空中逗留的时间越长，飞机遭遇风险的几率就越高。于是，地面呼叫111次航班，要求再次确认线路。

空中的111号驾驶舱里，由于不明烟雾，坐镇的两位飞行员已戴上面罩。

在与地面通话后，齐默曼得知了自己的位置。出于距离的考虑，他也不得不放弃原定计划，同意选定哈利法克斯为紧急着陆点。

晚上10点15分，即发出紧急情况报告后一分钟，瑞士航空111次航班确定飞往哈利法克斯，飞行高度下降到了8 700米。同在空中飞行的英国航空公司214航班与齐默曼取得联络，准备提供当时哈利法克斯的天气资料。驾驶舱的烟雾仍没有散去，周围明显灰蒙蒙一片。机组成员戴着氧气罩，以保证他们不吸入烟雾，在飞行中时刻维持清醒状态。一分钟后，111号航班的列奥通过与214航班飞行员的通话得知哈利法克斯上空的天气情况——9 000米有云层，能见度100，风速4.5米/秒，距离24 135米，3 600米少云，7 500米中云，降落高度2 980米。

于是，瑞士航空公司111次航班把飞行高度降到9 000米以下。驾驶飞机不像其他交通工具那样简单，尤其是飞机下降时，需要考虑风向、风速、距离以及其他天气情况。所以，齐默曼和列奥都必须相当冷静地面对。飞机距离哈利法克斯只有20分钟行程，可预定着陆的飞机场的降落高度只有894米。

蒙克顿空中交通管制中心为机长齐默曼做出指引："你们可以先下降到3 000米，哈利法克斯的降落高度为2 980米。"下降到3 000米，以尽量符合哈利法克斯的降落高度。因为下降具有一定难度，空管中心必须积极主动配合，时刻保持与111号的联络。

◎电线无声地被点燃，危险步步逼近

随后空管询问机上燃油的剩余量，但在焦急等待很长时间后却仍然没有得到回复。飞机距离哈利法克斯只有20分钟行程，燃油必定是多余的。众所周知，如果一架飞机在飞行中出现机械问题却满载燃油，无异于一颗定时炸弹，何况它关系着两百多条性命。一想到这里，地面的人员个个都严阵以待。

与地面紧张气氛形成鲜明对比，空中的111号机长仍旧不急不慢，并且请求在中间高度停留一段时间。在齐默曼看来，情况没那么糟糕。

驾驶舱里虽然有烟，却没有出现火势，与地面联系通畅，航班已获得优先降落权，况且距离目的地也只有20分钟行程—— 一切还在掌握之中。所以他预留出一段时间保持飞机平稳，通知机组服务人员收拾好晚餐托盘等东西，为着陆做准备。虽然当时处于非正常情况下，但机长从容的心态和不慌不忙的表现也让列奥多少安了心。待到服务人员收拾好托盘后，飞机才开始继续下降。老练的机长不时提醒副手注意速度，飞机下降得太快不安全，而且会让乘客出现不舒适的感觉。

111号航班高度离开高空范围，进入了比尔·皮克瑞尔的管辖区域，控制任务也就自然移交给了他。

晚上10：18，发出紧急情况报告4分钟后，空服人员接到机长的指示，机组成员开始为着陆做准备，飞机将在20分钟后降落在哈利法克斯机场，进行检查。向各位乘客说明飞机的情况，只是驾驶舱里有点烟，目前其他一切正常，但为了万无一失还是决定中途降落。这样的解释普遍得到乘客们的谅解——时刻都在为乘客着想，这果然是瑞士航空公司的服务宗旨。

将乘客舱事务安排妥当之后，齐默曼机长拿出札记准备填写飞机的检查清单。填写这种清单是瑞士航空公司的规定，其作用是在飞机移送检查时，为了让机械师更好地了解情况而设置的。齐默曼需要填写的是有关驾驶舱冒烟的部分，一共有两张，全部完成需要20分钟，这正好是飞机到达哈利法克斯的时间。他将无线电交给正在驾驶飞机降低飞行高度的列奥，专心填写清单。

晚上10：19，列奥接过无线电对讲机，定位器的频率是119.2。

虽然111次航班一直在持续降低高度，可下降的幅度并不大。地面上，对于这种情况感到担心的皮克瑞尔建议他们尽快下降到900米，不过副驾驶列奥坚持在乘客舱整理好之前保持2 400米之上的高度。在他看来空管的紧张有些不必要。这只是一个小小的故障引起的烟雾，紧急着陆的机场也已经待命了，降落计划正在执行中，只要接受空管最简单的指导就能顺利完成任务。一切都在计划之中不是吗？

"你可以下降到900米或者保持你现在的高度，我只是提个建议。"面对飞行员如此不以为然的态度，皮克瑞尔只得再次重复。飞机实在下降得太慢了，照这样的速度，到达哈利法克斯时根本不能达到预定的飞行高度，这样势必会浪费更多的时间，无形中增加了风险性。飞机高度显然偏高，他想确定飞行员是否清楚现在飞机离机场还有多远，还需要飞行多少距离，以便衡量其下降的速度是否适合。

收到乘客舱整理好的回复后，列奥采纳了皮克瑞尔的意见。我们计划将飞机下降到

◎飞机仍在海面上飞行

2 400米，这样就可以随时下降到900米。在地面上的皮克瑞尔继续进行飞行指导，他目不转睛地盯着雷达所显示的飞机的位置，他准备引导飞机降落在哈利法克斯机场06号跑道。

驾驶员语调轻快地接受命令后，瑞士航空公司111次航班左转30度持续飞行。

晚上10：20，发出紧急情况报告后6分钟。齐默曼机长需要这个他并不熟悉的机场的资料，但他够不着飞行包，因此叫来了乘务员。进入驾驶舱珍妮皱眉，这里的烟雾和刺鼻味较先前更为严重了。

机长神情紧绷，他命令珍妮在两分钟内把飞行包里的路线图给他，语调短促有力，不容置疑。

二话不说，珍妮动作麻利地从驾驶舱后方提出一个黑色的包，再将里面的资料找出递给齐默曼。她本想询问现在的情况，但看着驾驶舱的气氛，还是把话硬生生咽了下去。机长是这里的最高指挥官，其他人员必须对他信任服从。所以虽然奇怪，珍妮仍旧选择相信齐默曼会把事情解决好。递出资料后，她回去继续工作。

空服负责人向乘客通报了飞机转向的情况，乘客没有惊慌。毕竟由于工作关系，他们中的大多数都有了无数次航空旅行经验，因为特殊情况而临时降落也不奇怪。更重要的是，目前飞机飞行正常，乘客舱里没有烟雾，根本无法嗅到灾难的味道。空服负责人通知乘客，他们将在 20 分钟后降落在哈利法克斯。安全带信号已经激活，请所有人将托盘和座椅靠背调整到垂直位置，准备着陆。

瑞士航空公司 111 次航班，定位器频率 109.9，飞机距离跑道开端还有 48 270 米。副机长的回复不出皮克瑞尔所料，瑞士航空 111 次航班的高度还在 6 000 米，无法在 48 270 米内降落，飞行员需要更长的距离。对此情况，他只好指导他们向左盘旋 360 度降低高度。

111 次航班定位器的频率 109.9，左转向北飞行，盘旋 360 度降低高度。两位飞行员意见一致，准备倾倒燃油。

和 111 次航班的通讯告一段落，蒙克顿中心还是在哈利法克斯机场布置了紧急救援。消防车、救火车都已经到位，大批消防员正在待命。工作人员将无关人士疏散，06 号跑道四周限制通行。机场的夜空被各种警报灯照亮，各个部门用通讯机互相协调工作。跑道的周围，消防部队已经布满用于给飞机降温的液化泡沫……整个机场如临大敌。

晚上 10：21，发出紧急情况报告 7 分钟后，地面人员已经为紧急救援做好万全准备。控制中心需要了解航班的情况，机上人员的数目以及燃油的剩余量，但是他们得到的回复却如同晴天霹雳——飞机上还有燃油 230 吨。

"我们的燃油，必须倒掉一些。我们可以在下降过程中倒在这个地区吗？"倾倒燃油是一种标准操作程序。装满油的喷气客机重量太大，有可能在着陆时出现危险。

情况变得复杂了，飞行员竟然拖到这时才通知需要倾倒燃油。其实在这之前，皮克瑞尔已经提到过燃油的问题，不过飞行员当时没有在意，而把注意力放在空服人员收餐盘上！担忧不断加重。从那以后，每次和他们通完话，情况就变得更复杂一些。

无奈，皮克瑞尔只得为飞机倾倒燃油选择了一个安全的地方，他决定让飞机飞到圣玛格丽特湾上空，把燃油倒在大西洋，那儿距离哈利法克斯机场只有48 270米，这样的距离也比较符合飞机现在的高度。其实，如果要在距离机场更近的地方倒油，另一个选择就是让飞机向右转，把燃油倒在河道里。那样必须让飞机在空中盘旋，或者在一个固定的轨道上盘旋，以免倒下的燃油洒在飞机上引起危险。

副驾驶列奥征求机长的意见，"空管让我们向南转。是不是可以不倒油马上降落？"他认为在现在的情况下不一定需要倾倒燃油。但是这一提议当即被机长否定，燃油是必须得倒掉的，这关系到安全问题。

这时候，皮克瑞尔空管员就开始指挥飞机飞往圣玛格丽特港。飞行员的态度再次让他感觉到，飞机的情况并不紧急，因为他们还有时间飞回去，在海上倾倒燃油。

"瑞士航空公司111次航班,收到。向左转200度。你们准备好倾倒的时候请通知我。你们现在距离海湾还有16 090米，距离机场只有40 225米。"

"收到，我们已经开始左转。倾倒燃油时，我们将下降到3 000米。"

"收到，3 000米。你们到达时我会通知你们。马上就到了。"

晚上10：22，发出紧急情况报告后8分钟。当齐默曼填写检查清单时，列奥不小心打开了无线电联络。他们关于冒烟检查清单的简短对话被传到空管中心。从语气看来，他们的心情似乎仍旧不错。

瑞士航空公司111次航班，飞行速度降到了306，继续左转180度，高度3 000米。机长命令关闭保险开关。随即，乘客舱内的每盏灯都熄了。这是在告诉乘客飞机出了问题，但并不严重。乘客自然也很配合，显赫的身份和良好的教养时刻提醒他们保持镇静，此时，大多数人依旧保持睡眠或看书的状态，只有个别几位在礼貌地小声交谈。

晚上10：23，发出紧急情况报告后9分钟。漆黑的客舱内，空服负责人一再重申着，飞机没有危险，马上就会在哈利法克斯机场降落。他们一边安抚乘客的情绪，一边吩咐工作人员拿手电筒来，为需要的乘客提供照明。

乘客舱风平浪静，驾驶舱内却烟雾弥漫，即使是飞机仪表也不容易看得清楚。烟雾同样使舱内的温度升高。虽然飞行员用氧气面罩呼吸，但额头上都渗出了汗珠。他们收到空管的建议，如果想尽快返回机场，最好不要飞出距离机场56 315米到64 360米的范围。

10：24，发出紧急情况报告后10分钟。111号航班已经做好了倾倒燃油的准备，正当副机长联系地面时，飞机警报声突然大作起来！问题远不止驾驶舱出现烟雾这么

空中烈焰

简单。维持着心理平衡的某个支撑物突然被摧毁，轰然倒塌的恐惧漫天袭来，列奥不知所措地仰头张望却不知道该看什么。而他旁边的齐默曼更是汗如雨下，急忙检查各种仪表的工作情况。

"自动驾驶失灵！"情况急转直下，向来冷静沉着的机长突然失声大喊。

"自动驾驶失灵！瑞士航空公司111次航班，需要人工驾驶！"副机长的声音也随之开始颤抖。

仪表盘上古怪的读数影响了计算机正常运转，在接下来的90秒中，读数变得更加杂乱无章。

"3 300米，2 700米……"飞机高度持续下降。

"你们可以把高度保持在1 500到3 600米之间。"皮克瑞尔有不祥的预感。

没有任何喘息的时间，火光突然点亮驾驶舱，像个突如其来的怪兽似的张牙舞爪，从开始的白烟到现在的驾驶失灵，罪魁祸首终于露出了面目。操纵工具一个接一个失灵——液压显示表、高度表、速度表、姿态指引仪、发动机转速表数值混乱，驾驶舱陷入一片混乱。

"我们现在的飞行高度在1 500米到3 600米之间，现在的时间是10点24分。我们宣布遇到紧急情况！"副机长大声说，警报声持续不停，紧张让他忘记了恐惧。

地面上的空管，通过收听两名飞行员的说话来了解飞机的情况，但是情况千钧一发，根本听不清内容，嘈杂一片——飞行员杂乱无章的说话声，报警器发出的刺耳的呼叫声，机器杂乱运作的声音，驾驶舱完全炸开了锅。所以，皮克瑞尔没有听到最关键的一句话——列奥说他们必须马上降落。

"只剩几千米了，我会一直保持联系！"皮克瑞尔对着话筒大声重复，一遍一遍。其实他根本听不清飞机那头的话语，不知道到底情况如何。他清楚这样的呼叫早已成为了没有意义的动作，但仍然不能自抑，脑中一片空白，只是不断祈祷。现在，唯一能做的就是等待。空管中心里，可怕的沉默如同有毒的藤蔓一样肆意蔓延，气氛叫人窒息。所有工作人员屏住呼吸，将要等待他们的是什么结果，无人知晓。

飞行员宣布紧急状况30秒后，111次航班的驾驶舱变成了人间地狱。引起飞机一系列故障的罪魁祸首终于露出真面目——大火从驾驶舱后方蹿了出来！

所有屏幕都已关闭，只有预示死亡的烟雾四处弥漫。

"现在靠后备工具飞行，保持300！"副机长目光涣散脸色煞白，一边不停地自言自语，一边继续操控着早就失灵的控制杆。他嘴里不断默念："一切还没有结束，没有结束……"

雷达上显示飞机到达了倾倒燃油的地点，于是，皮克瑞尔告诉空中说可以开始了，但却没有听到他们的确认。习惯性的，他安慰自己向好的方向来解释这种情况——因为他们可能正在倾倒燃油，或者在看检查清单，或者在忙别的什么事情，所以空管人员就所受的训练来说，在这种情况下应该尽量避免打扰飞行员。

但是，事与愿违。

可怕的情况出现了。随着操纵工具一个个失控，飞机在以一种诡异的方式运动——类似抛物线一样坠落，并且左右摇晃。乘客们意识到事态的严重性，一直在睡眠中的斯蒂芬妮·肖也已经清醒过来，她无助地四处张望，俏丽的脸上失去血色，抓着座位扶手的指尖也泛白。此刻，一直保持着安静的机舱也在恐怖的氛围中濒临崩溃。突然，飞机像着了魔一样疯狂晃动，所有乘客就像被一只大手拎起来拉向半空中，然后又一头栽下，仿佛要坠入无底深渊。随着飞机的起落，乘客爆发出惊恐连连的尖叫，恐惧已经让他们的心脏几乎停止了跳动。一开始稀疏的呜咽声变成了绝望凄厉的尖叫哭泣，虔诚的基督徒们也将双手合十不停祷告。

泪水早已迷糊了斯蒂芬妮的双眼，恍惚中她看到了父亲慈祥的脸庞和母亲温暖的笑颜，被橘色灯光笼照的温馨的家，以及迎接她回家的丰盛的晚餐……那些成长的片段也纷纷跳出来——大学入学式时的阳光，生日买的红色长裙，小学时的演讲比赛，去年夏天的海边美景……泪水不断涌出……

一阵惊叫，天旋地转，一片漆黑……

此时的地面还无从所知。"111次航班，你们可以开始倾倒了。"等待一阵后，皮克瑞尔抱着最后一丝期望再次联系。

◎机长要求马上降落，然而空管没有听见

可是，飞机再也没有传来任何消息，诡异的安静让人越发绝望。时间，变得缓慢而残忍，一秒一秒地走过，让人坐立不安。

空中烈焰

◎火势已经无法控制了

◎回头发现机长已被烟雾呛晕过去了，陷入绝望

◎最终飞机撞在了水面上

6分钟后，佩吉湾的居民看到一架飞机轰鸣着从低空掠过该地区径直坠入大海，接着可怕的爆炸声随之响起。没有人知道在这6分钟内，机上229人发生了什么事情。

也许，这是皮克瑞尔这一生中最为无助的时候了。什么都做不了，只能在那儿看着111次航班，希望它回头飞向机场。当然，这只是希望。心中的难受不知道该怎么表达。虽然他的工作是为空中运输提供服务，以前也在报纸上看到过飞机撞上山峰或者掉进水里的报道，但那都是发生在很远的地方。而现在却是活生生的在眼前，如此惨烈，那种死亡降临的感觉让人窒息。这种痛苦，是你身在悲剧之中却无法改变它……

也许是传说中的心灵感应吧，远在日内瓦家中等待女儿回来的伊恩·肖也感到莫名的烦躁。一整晚，他都毫无缘由地一直坐立不安、心烦意乱，强迫自己早早就睡下，却又在妻子还没睡的时候醒来，一次次询问妻子有没有斯蒂芬妮的消息……

◎佩吉湾的居民被巨大的爆炸声惊醒

"什么事情也没有啊，亲爱的。"在妻子一再的强调和奇怪的眼神下，肖只得再次入睡，不断自我安慰，那些只是自己的胡思乱想而已。明天早上一切将会很正常，他会亲自去接女儿回到家，然后好好团聚一下。

谁也没有料到，当第二天醒来时，迎接这位父亲的却是电视上报道瑞士航空公司111次航班失事的消息，他的女儿出事了……

空中烈焰

烈焰的由来

    1998年9月3日早晨。经过海水一夜冲刷之后，海面上空难的痕迹已经所剩无几，只有瑞士航空公司111次航班零星的残骸漂浮在表面上。

    当局派出多架直升飞机和船只前往出事现场，当地的渔船也协助救援工作。几十辆救护车赶赴现场，营救船只已开始在岸边水域仔细搜寻。可是大浪和强风给船只救援带来极大的困难，救生衣，油料以及飞机的残骸在水面上漂浮，大块的木材、仪表板、尸体随处可见，场景恐怖。机上 229 人无一幸免，全部遇难。更让人难受的是救援队伍打捞上来的尸体居然只有一具是完整的。

    这是瑞士航空公司自二战以来发生的死亡人数最多的空难，无疑震惊全球。随之而来的是全球的一片质疑之声，信誉如此优秀的瑞士航空，还有被誉为最安全的喷气式飞机的麦克唐纳道格拉斯 11，两者加在一起为什么会是这样的结果？人们只是知道 111 次航班的驾驶舱起火，但不知道起火的原因究竟是什么。于是，为了了解导致惨剧发生的根本原因，加拿大运输安全委员会发起了一次规模空前的灾难调查。

维克·戈登也参加了这项浩大的工程，他是加拿大运输安全委员会资深调查员。

这次事故对调查人员来说，是一次非常大的考验。首先，得从 55 米深的海水中把飞机的残骸一片一片打捞上来。实际上，那架飞机由于巨大的冲击力和爆炸，已经粉身碎骨了，一共大概有几百万片残骸。这是最初的挑战。接下来，把这些碎片打捞上来以后，还需要确定哪些碎片和事故有关，它们能不能告诉你事故发生的原因和经过。

运输安全委员会制订了一个五步计划。首先，潜水员到水下寻找残骸。飞机已经支离破碎，瓦解成几百万片，而此时的天气也越来越冷，潜水员的作业风险越来越大。根据这样的进度，打捞行动要花几年时间才能完成。

第二步，在美国海军的帮助下，遥控船开始了更为细致的搜索，帮助调查人员检测事故现场。

可与此同时，还有一个问题——怎样把几百万个变形的碎片从海底打捞上来？因为，任何细节的不周到，都有可能引发空难事故的发生，必须一块一块检查飞机的碎片。整架飞机大约碎成了两百万块，几乎每一个碎片都要检查一遍，因为你不

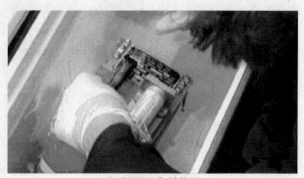

◎ "黑匣子"被找到

知道问题出在哪儿，恐怖活动、炸弹，各种原因都有可能。

在持续努力了一段时间后，运输安全委员会的调查人员最终找到了他们盼望已久的黑匣子。

随即加拿大运输安全委员会座舱语音通话记录器分析员麦克·普尔对黑匣子进行了分析。驾驶舱记录以及计算机数据显示，飞机上所有的仪器都在正常工作，直到出事前的最后几分钟。当飞行员发出"潘潘潘"信号时，驾驶舱里已经出现了烟雾。

空中烈焰

在检查了所有资料后，工作人员没有发现不正常的情况，飞行资料显示当时飞机没有任何问题。从这些情况来看，飞行员一直控制着飞机的情况。除了他们看到驾驶舱里有烟以外，一切都很正常。一直到他们计划降落时，才经历了一系列系统失灵。这一切都是在很短的时间内连续发生的。

"自动驾驶失灵！111 次航班，需要人工驾驶！"111 号航班副机长焦急的声音从声音记录中传出。这是在飞机遇难 6 分钟前所录下的，同时也是黑匣子最后记录的声音，两个记录器的最后 6 分钟资料都已丢失。

经过通话分析，就在 90 秒内，飞机上的系统一个接一个失灵，速度快得惊人。根据现有资料所查到的最后一个情况就是，大火烧断了电线，烧断了两个记录器的电源，于是它们停止了工作。可是航班上的火是怎么燃烧起来的？又是从哪儿开始烧起来的呢？根本无从得知。

1998 年 10 月 13 日，调查进行到了第三步。调查人员利用驳船在海床上搜索证据。瑞士航空公司 111 次航班的残骸一件件浮出水面。

先是飞机的引擎，然后是起落装置这些 111 次航班留下的大的碎片。另外还有一些较小的部分，在漫长而痛苦的打捞过程中逐渐显现在人们的面前。

当大部分碎片残骸被收集好后，研究工作进入第四步——组装。1998 年 10 月 21 日，调查组将海边

◎专家正在研究

附近的一个军用飞机库变成了临时实验室。瑞士航空公司 111 次航班的几百万个碎片被装上卡车，源源不断地送往临时实验室。随着工作量的增加，调查队伍也在不断壮大，美国全国运输安全委员会、波音公司、瑞士航空公司和加拿大皇家骑警都派出人员参与调查。专家们对这些碎片进行分类和研究，试图解开这个航空史上最大的谜团。

所有调查人员都知道，驾驶舱里的小火是这场灾难的导火线。他们检查了从飞机残骸上找到的长达 249 395 米的电线。就是在这根电线上，他们发现了第一条线索——

有关电弧的证据。金属上的焦痕说明，火的源头来自驾驶舱后方，就在副驾驶的身后。另外，在检查飞机的布线情况时，调查人员发现了第一个疑点：头等舱的娱乐设施。

航空分析专家提姆·范·比夫兰认为 111 号航班的娱乐设施有一个致命的缺点。它吸收了大量的能量，变得非常热，这就有可能使机舱的温度大幅度升高，因为它一直在运行，这一点非常关键。而且问题是，他们连一个简单的开关都没有设置，也没有安装能把设施的温度降下来的降温系统，这也许就是空中大火的缘由。至此，调查行动似乎终于迎来了突破。

而加拿大运输安全委员会资深调查员维克·戈登的分析报告更进一步对此进行说明——飞机上的娱乐设施的设计有缺陷，而且这些设施被安装在飞机的头等舱里，也就是说，和飞机的电力系统连在一起。当齐默曼机长下令关闭保险开关后，乘客舱的所有电力都应该被切断，但娱乐设施仍在运行，而且已经过热。

从理论上来讲，如果把保险开关关掉，驾驶舱后面的一切电力设施都会被关闭。这样的话，他就不用担心后面的问题，只需要集中注意力控制好飞机的飞行就可以了。但问题就出在 111 次航班上的娱乐设施的开关被忽略了，并没有关闭。

这个结果引来一片哗然，本是为了更好地让乘客享受飞行旅程的游乐设施却成了他们的催命符。在确定了机上娱乐设施的缺陷之后，瑞士航空公司立刻拆除了其他飞机上的娱乐设施。美国国家运输安全委员会也下令，检查所有 MD-11 型客机驾驶舱里的线路。但是，这个办法解决不了根本问题。因为实际上，当机长下令关闭保险开关时，飞机已经起火。所以说，111 次航班的娱乐设施和飞机起火，以及之后的火势蔓延没有太大关系。仅仅娱乐设施的线路是不可能使瑞士航空公司 111 次航班坠毁的。

1998 年 11 月 4 日，调查进行到最后一步。研究人员决定把飞机的碎片重新拼凑起来。他们用金属线搭起了一个巨大的模型，然后把小碎片一点一点安装到原来的位置上。

177

通过重建工程，调查人员发现大火以极快的速度从驾驶舱蔓延到了头等舱。一些金属是由 600 摄氏度的高温引起的损坏。有人认为，飞行员的不当举动也是导致灾难的原因之一。他们认为飞行员过分地从容，采取的措施太过教条，以致未能及时挽救飞机。

很多专家都强调，一旦飞机出现问题，就应该尽快降落，降落以后，如果有时间的话，再去做检查。可也有人认为，应该先做检查，如果检查没有任何帮助，再想办法尽快降落。后者的观点跟飞行员学习的基本飞行理论完全相反，他们学到的是，不

管什么时候看到烟，看到飞机起火，就应该尽快降落。不幸的是，在这次事故中，检查清单的指导方向并不正确。它是在指引飞行员自己解决问题，所以，飞行员自己把责任承担了起来，非解决不可，其实不应该这么做。

但运输安全委员会的调查人员不同意这种观点。他们认为 111 次航班不可能在哈利法克斯机场降落，因为时间根本不够。根据他们的推断，9 月 2 日天晚上 10 点 14 分的时候，111 次航班的飞行高度是 9 900 米，假设当时的情况一切正常，没有出现任何问题，他们也需要花 13 分钟，也就是说，要到 10 点 27 分的时候，才能降落在哈利法克斯机场。但问题是，在 10 点 24 分的时候，111 次航班上的各个系统就已经不能正常工作了。所以在这样的情况下，飞行员不可能有足够的时间完成降落。

◎研究了一年后，又派出"荷兰女王号"进行第二轮打捞

争论持久不下，大家各持观点。撇开起火原因不说，火势蔓延速度是飞机失事的关键，这个谜团仍未解开。调查工作就此陷入瓶颈。

又过了一年，在 1999 年 9 月运输安全委员会开始了另一项行动。他们雇用了一艘先进的荷兰打捞船——"荷兰女王号"。

这艘船上有一个巨大的吸力设备，能把 111 次航班最小的碎片从海底打捞上来。混合着淤泥和飞机残骸的海水被吸入打捞船的船舱……然后被排入海岸上专门建造的蓄水池。将海水排出后，调查人员又发现了几百万块 111 次航班的碎片，其中任何一片都有可能提供火灾成因的线索。

漫长的分类检查又一次开始了。15 个月后，他们终于找到了盼望已经的线索——一根有缺陷的电线，真是工夫不负有心人。

之后的调查工作进行得非常细致，任何一种有可能在那个区域引起火灾的物质都在工作人员的搜寻范围之内。最后，他们发现了一根弯曲的电线，这根电线正好在一种易

◎对重新打捞上来的碎片进行检查

受伤铁鸟

SHOUSHANG
TIENIAO

178

燃物质的旁边，这种被称为硬化聚乙烯的物质是覆盖在绝缘垫上的涂层。MD-11飞机上的聚乙烯绝缘层是广泛应用于商业飞机的一种常见材料。它通过了航空业的可燃性测试，这说明即使起火，它也能在一段时间后自行熄灭。

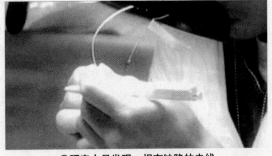
◎研究人员发现一根有缺陷的电线

调查行动在这里转了一个大弯。运输安全委员会不再寻找火灾成因，而把注意力放在使火势无法控制的易燃材料上。这架飞机上的耐高温降噪材料非常易燃。就算通过了测试，它也会持续燃烧，进而扩大火势。所以，调查的重点就转向了材料的易燃性，并且要求重新制定对某些材料的检验标准。这不仅仅是针对耐高温降噪绝缘层材料，也针对其他飞机材料，很多材料都安装在看不见的地方。

调查人员最终提供了答案。驾驶舱后密闭空间内的一根电线产生了电弧，电弧点燃了绝缘层，绝缘层又点燃了其他物质，例如泡沫和塑料。飞行员没有意识到火势传播得有多快，但在他们宣布"潘潘潘"14分钟后，驾驶舱的全部电子设备陷入瘫痪，黑匣子也因此失效。法医检查也使我们大致了解到驾驶舱最后几分钟的情景。列奥留在座位上，但齐默曼不在座位上，也许他在救火，也许他在爆炸前就已经死了。副驾驶列奥则也许在找一个能降落的地方，但是可用的工具太少了，几乎所有的设备都已经失灵。他在寻找某种指引，告诉他应该把飞机降落在哪里。也许，他还想过水上迫降。

提姆·范·比夫兰进一步分析，认为当时副驾驶还坐在自己的座位上，但清醒还是已经昏迷无从得知。也许那个时候，他的皮肤已经大面积灼伤，但还不能确定。另外，机长不在座位上，驾驶舱里的检查清单已经熔在一起，这说明，机长曾经用这些清单来扑火。10点30分，副驾驶列奥关闭了二号引擎。当时他可能收到了引擎着火的警告。令人心寒的是，这证明列奥在爆炸前一分钟还活着。

专家们无法判断乘客是否知道飞机起火，在飞机爆炸前的几分钟内他们又处于怎样的一种状态。他们检查了飞机残骸上的烟熏痕迹，事实上，烟熏的痕迹已经蔓延到商务舱的上方，至于乘客有没有闻到烟味，这我们还不能肯定。DNA分析表明，他们的体内没有烟的残留物质。

179

空中烈焰

混沌的驾驶舱、混乱的飞行仪表、失控的操作器以及猛烈的大火，最后飞机以相当于自身重量350倍的冲力撞在水面上，带着两百多条生命走向终点……

瑞士航空公司111次航班空难调查历时四年半，共花费了4 000万美元，这是加拿大历史上规模最大的一次空难调查。运输安全委员的结论却简单得令人觉得可笑——易燃材料绝不能进入商业飞机！111次航班的火势蔓延速度的确令人震惊，这是一个值得引起高度关注的问题。正是因为这个原因，安全部门才会一再强调，必须抬高机用材料的易燃物检测标准。

在四年的等待之后，伊恩·肖被告知夺走他女儿生命的只是飞机材料上的一个小缺陷，但这并没有减少他对瑞士航空公司的愤怒。他坚持认为必须有人站出来，为此承担责任。如果是人为的错误，就必须有人承担责任。必须让受害者看到瑞士航空的责任感。否则，就是在逃避责任。这一次，他们是打着国家的旗号逃避责任，这种做法，真是让他感到惊讶，难以置信。

◎工作人员在飞机上安装探测器，以便更快发现烟雾

这次空难给瑞士航空公司敲响警钟，公司决定拆除所有飞机上的易燃绝缘材料。他们还改变了检查清单的规定，减少了出现烟雾后飞行员的反应时间。瑞士航空公司根据调查报告改造了所有MD-11型客机，他们甚至在看不见的地方装上了摄影机和烟雾探测器。

飞行员的面前有一个微型电视监视器，只要出现烟雾，他们就能看见，这使他们有更多时间自救。飞机起火后，没有什么比争取时间更重要的了。

空难给乘客带来灾难，也让瑞士航空一蹶不振。由于财政问题，一度实力雄厚的瑞士航空公司于2001年10月倒闭，航空业为之震惊，纷纷以此自省。

发生在瑞士航空公司111次航班上的惨剧不能再重演，而空难调查给航空协会提供了一次对飞机上的材料进行评估的好机会。虽然目前，仍有三分之二的商业飞机在使用使111次航班葬身火海的易燃材料，但相信这种情况不会维持太长时间。令人欣慰的是，终于有明文规定——禁止在飞机上使用硬化聚乙烯材料了。另外，有关部门也已经出台了新的机用材料检测标准，新的检测标准显然比以前的更加严格。而这一标准也将被迅速地全面执行。

很多国家也以此为鉴，有则改之，无则加勉。美国联邦航空局当即就下令，在2005年之前拆除所有商业飞机上的易燃材料，此举是为了确保发生在瑞士航空公司111次航班上的悲剧不再重演。

◎伊恩·肖的小餐馆

当然，也有人对于这种彻底的更换持怀疑态度。航空业一方面宣称正在禁止使用这种材料，另一方面却没有行动。这中间总是会有矛盾，毕竟商人的最终目的是追求经济效益，彻底更新材料需要花多少钱？如果几年后这种飞机就会被淘汰，花这么多钱更新材料是否值得？在巨大的成本面前，经济问题不会不被考虑……

虽然有不少问题还没有得到彻底的解决，但至少有了很大改善；虽然目前还没有制定相关的法律，相信将来也一定会有。1998年瑞士航空公司的空难画下最终休止符。

天边，太阳缓缓下沉，慢慢浸入海水中，肆无忌惮地蔓延开来的红色，映入伊恩·肖的眼中。海鸟的鸣叫与此起彼伏的波涛声更衬出这里的宁静，面前的这片天

181

◎年轻的斯蒂芬妮由于灾难，再也无法见到她的父母了

空这片海就是女儿生命终结的地方。

当年的空难给他留下了难以愈合的创伤，他离开了妻子，抛弃了日内瓦的财产，只身来到新斯科舍，长伴着这片海……

日子渐渐变得简单。每天经营着餐厅忙忙碌碌，看着旅客来来往往，聆听大海边潮起潮落，这样的生活，让肖的心趋向平静。

亿万年来，海水涨起又落下，永无休止。也许，这才是永恒，也许，根本就不存在什么永恒……过分纠结过去也无法改变任何现状，与其总是活在痛苦的回忆中，不如过好当下的生活，他的眼睛不再满目悲伤，生活早已教会了他幸福的真谛。

也许是冥冥中注定的，因为一个错误的原因，伊恩·肖来到了一个正确的地方，他找到了安慰，找到了平静……

2003年11月22日，一架空客A300
货机携带着美国驻军士兵的信件飞离了伊拉克巴格
达国际机场，途中遭遇导弹袭击，液压气体大量外
泄，情况十分危急……

第六章

导弹来袭

引 子

2003 年 3 月 20 日，美国总统布什宣布对伊拉克发动战争。

随后，战火的硝烟弥漫了整个伊拉克上空。巴格达市民在爆炸和炮击声中醒来，黑色的浓雾遮天蔽日，夜间遭到美英战机空袭的一些政府大楼大火刚刚熄灭，在支离破碎的政府大楼楼顶，被熏成黑色的伊拉克国旗还在清晨的风里孤独地飘着。经过了 6 个多月的激战，炮弹在巴格达造成巨大的灾难。伊拉克人伤亡惨重。爆炸的巨响伴随着防空炮火的密集嘶叫，接着是一连串的爆炸声，防空警报一阵接着一阵。巴格达人民生活在水深火热之中，从前安静祥和的日子已离他们远去。街头依然闪现着小孩动人的笑容，他们并不能真正了解战争的含义，只有饱经风霜的老人那木讷的表情告诉人们他们对战争的无奈。

在战争期间，也有很多人选择了抵抗。一些抵抗组织悄然兴起，给美军构成了极大的威胁。许多隐藏起来的反美武装分子经常在暗中向美军发动突然袭击。他们不仅上街游行煽动群众，还有自己的武器，往往打得美国军队措手不及。连驻伊美军的军官都不得不承认，这些人在伪装方面"很有创造力"。

年轻的克劳丁·温尼尔帕列兹是法国杂志《巴黎竞赛》的一名女记者，

她和摄影师杰罗姆通过多方斡旋来到战地巴格达采访这些不明抵抗者，通过访问试图弄清并转达这些人的政治意图。这种采访往往都带有一定的危险性，从某些角度来说，这些人毕竟是恐怖分子，恐怖分子的所作所为谁能预料？他们采访顺利吗？恐怖分子有什么计划？他们将进行什么样的活动？

黑色计划

　　战火一直不停，抵抗运动又正值猖獗之时，他们给百姓的生活带来了更多的阴暗。街上行人寥寥无几，道路也被浓浓的黑色烟雾笼罩着，一片萧条。酒店的生意也很不景气，被硝烟熏黑的招牌在风中摇晃着，上面的字迹变得模糊。酒店里面整理得还算干净，狭窄的走廊墙上零星布置了一些色彩明丽的油画，多少缓解了些战争的恐怖气氛。

　　克劳丁和摄影师现在正在这家简易酒店里的一间十来平方米的房间里等着要接受采访的人。这个接受采访的人的来头可不一般，他正是抵抗组织的领导人。这几天他们通过各种办法才联系到他并邀请他接受采访。领导人姗姗来迟，身边还带着好几名保镖。

他坐在正中间的红色沙发上，开始滔滔不绝地讲述自己对美国的看法以及组织的行动意图。

克劳丁就坐在他对面，边看着他边记录信息，都来不及将额前挡住眼睛的长刘海向后拨一拨。当说到美国人的时候，这个组织领导人义愤填膺，五官都愤怒地聚集到了一起，激动得差点跳起来。可当他一谈到他们的计划，又会开怀大笑，仿佛美国军队会死在他手里一样。很明显，这些不明武装分子一心想要赶走美国人，他们不喜欢别人对本国的事情指手画脚，而且认为自己遭到了侵略。克劳丁不敢将任何

◎抵抗组织领导人夸夸其谈

私人情绪写在脸上，只是小心地问一些问题。摄影师杰罗姆在一旁不时地关注着这个领导人的脸色，这里毕竟是他们的地盘，行事谨慎点总是好的。

在酒店会面之后，领导人安排了克劳丁和杰罗姆在第二天凌晨探访抵抗组织成员。克劳丁没想到采访会这么顺利，她对第二天他们将要采取什么样的行动充满了好奇。

第二天一早，他们乘着抵抗组织成员的吉普车出发了。让克劳丁感到奇怪的是，车子一直在兜圈子，还走了一些回头路，她马上就意识到了这些人的目的——让他们辨不清方向。看来这些人要做的事情肯定不简单，否则不会这么谨慎。开了将近一个小时后，他们来到了一块空地上。下车后，克劳丁看见还有好几辆汽车停在那里。看他们到了后，车里的人全部都下车了。这些人都用红色的花布将脸裹得严严实实，一个貌似小头领的人物指挥其他人往路边走。随后他们走到路旁的一堆木头前面，翻开了木头。克劳丁吓了一跳，藏在木头下面的竟然是一些用皮纸包裹好的武器。很显然这是他们早就做了准备的。拿了武器后，他们回到汽车里把弹药装好，然后分散在汽车周围巡逻站岗，另一名块头大一点的武装分子扛着一个细长条的东西从木头堆走回汽车，克劳丁从形状上猜想那肯定是不简单的武器。

导弹来袭

◎克劳丁正在采访抵抗组织成员

◎抵抗组织的神秘武器

杰罗姆立马按下了快门，拍摄了一组照片，他和克劳丁此行的目的就是拍一些照片而已。

拍摄完毕以后，主要任务已经完成了，克劳丁和杰罗姆准备离开。然而武装分子并没有让他们走的意思，他们似乎另有打算。

随后这些武装分子透露说他们这次军事行动顺利进入了一个新的阶段，接下来的目的是要用导弹轰炸飞机。听到这番话，克劳丁感到非常吃惊，原来刚才那个细长条的东西是导弹！他们怎么会有这种东西？导弹从何而来？他们真的要炸飞机？一连串疑问在克劳丁脑子里翻腾，如果这些是真的，后果真的很难想象。

◎导弹

导弹来袭

◎A300飞机

◎巴格达国际机场

几公里外，巴格达机场仍和往常一样平静。此时的巴格达国际机场已经被美军占领，每天这里都有许多军用飞机出入。为了避免遭到伊拉克抵抗组织袭击，美国军方在机场周围修建了一条地雷带。一架敦豪速递公司的 A300 飞机正要给美国伊拉克驻军邮送信件，机长埃里克吉诺德已经做好了起飞准备。

"1800 货机可以起飞！"管制塔台的空管人员指示飞机起飞，此时的巴格达机场是由澳大利亚驻军控制的。

接着埃里克命令检查清单、开始转弯、打开活门……

这架货机上一共有三个人，机长埃里克，机械师马里奥和副驾驶史蒂夫。

埃里克是比利时人，已经 38 岁了却还是单身。他留着黑棕色的短发，很有精神地竖着。额头上有几道深深的皱纹，眉毛又粗又短，鼻梁很高挺。整个人看上去给人感觉很正派很硬朗。他工作勤勤恳恳，虽然成绩平平，但为了坐上机长的位子，埃里克每天都踏踏实实并且很努力。一年前，他才如愿地当上了 A300 的机长。他很珍惜自己打拼得来的一切，工作甚至比以前更加用心了。

机械师马里奥有一个幸福的家庭，目前带着妻儿住在苏格兰。54 岁的他是机组人员中最年长最有经验的一位，多次执行过危险任务，他不久就要退休了。马里奥为人十分谦逊，从不因为自己的功绩而吹嘘或者摆架子，正因为这样，其他机组人员都很敬重他，和他相处得很好。

史蒂夫也是比利时人，他是飞机上最年轻的一员，只有 29 岁。他刚刚结婚 3 个月，和妻子很相爱。对于年轻的飞行员来说，驾驶货机是他们积累飞机小时数的最佳途径。

敦豪速递公司在巴格达已经飞行了 6 个月，因为机场位于战争的热点地区，机组人员为此承担了相当大的风险。埃里克他们每次穿越科威特和伊拉克边缘的时候，都能明显感觉到气氛的变化，这样的气氛会让人不由自主地紧张起来。这次的飞行是不是也会顺利，埃里克没有办法肯定，他希望能安全到达目的地。

刚才还在空地上的克劳丁现在已经被抵抗组织带到了另一个地方。她心里惴惴不安，和这些人待在一起总觉得会有情况发生。她不知道他们的打算，心里既觉得好奇，同时也十分紧张。

"说说吧，你们有什么计划？"克劳丁找到那个小头领想要问问他们究竟要干什么。

"今天有特殊安排。"小头领撇着嘴笑了笑，好像在故意卖关子，"别急，会让你们看到的。"

◎萨达姆7型导弹

◎敦豪速递公司的邮运货机

说完，他让下属把导弹抬了出来。这是萨达姆 17 型导弹，它是一种热寻导弹，安装有自动导航设备，能够跟踪飞机发动机发射出的红外线。

　　"这是从伊拉克过去的军队那儿得到的，大概有 28 枚，我们找到一间库房存放在里面。这些天已经发射了 25 枚，只剩下了 3 枚。"小头领指挥手下安装好导弹发射器说，"萨达姆 17 型比 7 型优良，我们数量不多。今天我们会使用一发，过去用它效果都很好。"

　　"过去？"克劳丁对这个抵抗组织的话将信将疑，觉得他们可能在说大话。

　　"过去在其他场合用过，我们的主要目标就是袭击美国的军用飞机。这些武器在应对低空飞行的直升机时表现得很好。"小头领不时地摇晃他的脑袋显得很得意。

　　作为一名记者，克劳丁对这方面新闻了如指掌，却从没听说过美国飞机遇袭这方面的报道，这无疑是他们编造出来想在外国人面前耀武扬威。

　　"那你们今天要采取什么样的行动？"克劳丁追问着。

　　"当然是袭击美国军用飞机了！一会儿你会看到的。"小头领轻松地说道。

　　克劳丁的眉头开始紧锁起来，她虽然觉得这些人在吹嘘，但是也很担心如果真的发生会怎么样，同时也觉得很为难。虽然这和自己国家没什么关系，但是作为一个常人，知道有人可能要受到伤害，怎么能不去阻止呢？可是，克劳丁想来想去还是没有说出阻止的话，现在的状况也不容许她说出那样的话。这些人随时可能朝他们开枪。出于对战争的无奈，她只能在心里默默祈祷飞机上的人能够平安。

导弹来袭

飞来横祸

　　"利马利马，可以起飞。"空管人员最后一次呼叫起飞，这架满载美国驻军无数对家人和朋友思念的货机就要离开地平线了。

　　这架货机一天要飞行两次，波斯湾的巴林是此行的第一站。

　　飞机在空中慢慢爬升，不知不觉已经到达了3 000米的高度。机组人员都知道在3 000米的高度很容易遭到攻击，虽然现在还没有美国飞机遭遇伊拉克导弹袭击的报道，但埃里克他们还是不敢掉以轻心，这里毕竟是战场。

　　驾驶舱的气氛虽然很平和，但埃里克总感觉夹杂着一股不明的危机感。从马里奥和史蒂夫的表情里，他知道不是只有他一个人有这种感觉。

地面上，抵抗组织成员已经做好了准备，蓄势待发。他们很有经验地把车朝不同方向停好，这样所有人事后就可以朝不同方向离开那里。克劳丁目睹了这一切之后心头一紧，看来这一次他们不是吹嘘，是真枪实弹地要干一次了。一场不可避免的灾难即将发生，飞机上的人甚至还不知道要发生什么，克劳丁巴不得冲到飞机上告诉驾驶员这一切，她真心希望机上的人可以逃过这场灾难。

飞机的隆隆声越来越近，所有人都望向了天空，小头领命令瞄准发射。克劳丁和杰罗姆都不禁屏住了呼吸，知道有人可能因此而死，心里有说不出的无奈和酸楚。一名成员将导弹扛在肩上，瞄准靶心，轻轻扣动了扳机。

◎抵抗组织分子将黑手伸向了A300货机

导弹在空中迅速接近飞机，随后一声巨响使在场的所有抵抗组织分子欢呼雀跃。

飞机被打中了！

他们手舞足蹈，互相拥抱，仿佛在炎热的沙漠里喝了一口冰水一样畅快。

◎飞机遭到突然袭击

克劳丁和杰罗姆对视了一下，示意快点离开。这时，抵抗组织成员也都迅速上了车，并朝不同方向逃去。远远地依然可以听见他们欢呼的声音，他们认为自己打中了美国军

◎抵抗组织分子欢呼雀跃

导弹来袭

◎一架邮运货机就这样被抵抗组织分子炸了

用飞机，很是得意。然而在场的所有人都不知道，正在飞行的 A300 其实只是一架邮运货机，它无辜地被人当做了军用飞机！

"飞机倾斜！飞机倾斜！"飞机报警器在一声巨响之后开始报警。

"怎么回事？"埃里克被声响吓了一大跳，心猛然提到了嗓子眼，马里奥和史蒂夫也是一样。他猜想他们肯定遭到袭击了。这是这次战争第一例民用飞机遇袭事件。

经验丰富的机械师马里奥立即镇定了自己的情绪，但他发现绿色和黄色液压系统已经失灵。

"绿色和黄色液压失灵！"马里奥报告了这一紧急情况。

"绿色和黄色系统？"埃里克对这个突如其来的麻烦感到措手不及。

这架飞机一共有三个液压系统，一个绿色，一个黄色，还有一个蓝色。液压系统对大型喷气机来说至关重要。所有液压油在飞机内部的管道里流动。飞行员在推动操纵杆的时候，活塞会在液压的驱动下迫使飞机爬升、下降或转弯。如果没有液压，飞行员将无法控制飞行。武装抵抗组织分子刚才那一发导弹正好击中了飞机左翼，导致机翼受损，情况很危急。

◎袭击飞机的武装分子

"我们该怎么办？"史蒂夫乱了手脚，他还是名年轻的飞行员，很多知识还在学习中，经验也在积累过程中。以他的经验，要对付这种情况是不可能的。

埃里克没有看他，因为他不知道该如何回答他。这样的状况他也是第一次碰到，液压如果失灵，一切就差不多等于完了，心里又着急又害怕，但他不能表现出来，他必须冷静面对，他的职位迫使他坚强起来应对突发状况。虽然他目前不知道采取什么措施，但是他的第一反应就是趁着还有一个液压系统赶紧撑回机场。

"发生倾斜，发生倾斜！"报警器不停地响，飞机也不断倾斜。

"蓝色失灵！"最后一个液压系统也不争气地失去了作用。马里奥很不情愿告诉他们这一结果，这意味着他们将无法控制飞机。飞机会像一只无头苍蝇一样没有固定方向地乱飞。

飞机的液压系统已经全部失效了，这相当于汽车失去了驱动轮，也许它几分钟后就会坠毁。马里奥虽然资历最深，但是平时所学技能在这一刻都派不上用场了。多年的训练在这个时候失去了作用，他唯一能做的就是尽量镇静，然后从自己有限的经验里想想应该如何应对眼前的情况。

控制塔台里，空管人员发现 A300 飞机发生了一些异常，拿起望远镜一看，飞机的左翼正在被火团包围着，情况紧急。"那架飞机遇到麻烦了，机翼起火，正在往回飞。"

导弹来袭

◎机组人员极力控制着飞机

"关闭所有发动机，快叫医疗小组随时待命！"空管人员连忙催促道。随即，所有人员立刻都行动起来了。

埃里克努力控制着飞机，前后推动操纵杆，想让飞机听使唤，可是操纵杆似乎完全失去了作用，没有了液压传动装置，各项操作都很难执行。汗珠从他的鬓角流了下来，看着三根液压指针全部都指向零，埃里克感觉自己就像只等待宰杀的羔羊，死亡只是早晚的事情。

史蒂夫感觉自己好像帮不上忙，焦虑不安，不知道该怎么办才好，他只能在一旁默默守候，等待机长发出命令。

由于没有液压装置，这架受伤的飞机变成了摇晃的醉汉。先爬升3 800米，然后又突然降回了原来的高度，紧接着又再次爬升。完全失控的状况让机组人员感觉像在坐没有轨道的过山车，但他们无法阻止飞机的疯狂举动。

尽管如此，还是必须找到出路，埃里克不想失去希望，他不能让自己等死，也不能看着伙伴们在看不见尽头的绝望中结束生命。既然他是机长，他就要对飞机上所有人负责到底。于是，埃里克催促着自己快点想出办法，快点回到陆地上。

埃里克灵机一动，准备赌一赌运气。他想到前后推动节流杆也许可以减小飞机上

◎ "发动机还能用吗？"史蒂夫声音有点颤抖

◎飞机再次失去平衡让机长难以应对

◎飞机高度太高，着陆困难

升或者下降的幅度。于是，他对同伴说："咱们来试试吧！"

史蒂夫和马里奥对他的决定感到震惊，但是眼前的情况也只有试一试这个办法了。

任何飞行员都没有受过这样的训练。从得知液压失灵那一刻起，所有书本知识都失去了作用。为了与命运挑战，他们认为这个方法值得一试。

"借发动机的力量。"埃里克知道他们唯一能利用的只有两台发动机了，但是仅靠发动机他们能安全降落吗？他们不是先例，过去有人试过这个办法，但从来没有成功过。

史蒂夫不禁回想起过去发生的灾难，当时事故的原因就是液压失灵所导致。1985年8月，日本客机波音747HAD在飞离东京时就遭遇了一场震惊世界的灾难。飞机后部的舱壁破裂，冲出的强大气流几乎刮断了整个尾翼，液压传动系统失灵。没有了液压，飞行员无法阻止飞机的反常运动。客机带着524名乘客穿越了日本中部的群山，像一只喝醉的大鸟在天空中癫狂地飞舞。它一直在空中绕圈子，进入了山区。虽然安全降落是不可能的，但所有人都还是希望发生奇迹。结果上天还是没有眷顾他们，飞机最终还是坠毁了，撞在了一座山上。现场的场景惨不忍睹，那是航空史上最惨重的单机坠毁事故，524人中仅仅4人生还。史蒂夫不知道他们会不会比日本飞行员幸运，但最首要的问题还是要让飞机的起伏平稳下来。

◎日本波音客机在穿越日本中部群山时因液压系统失灵而坠毁

◎抵抗组织发动第二次袭击

◎克劳丁只能默默祈祷

◎空管人员联系上了巡逻的直升机了解情况

导弹来袭

机上三个人一起分析了一下当前的情况。飞机会一直忽上忽下地飞行。首先飞机会下降，然后它会加速，机头抬升，于是开始爬升，边爬升边往前冲，随后减速开始下降。想要控制飞机，必须掌握这个规律和把握好分寸。另一个棘手的问题是左翼的故障让飞机向左倾斜，这最终会让飞机绕圈飞行。

埃里克他们不仅要通过节流杆调整飞机上下的幅度，还要不失时机地加大左发动机的动力，以补偿左翼受损带来的偏转。虽然他们自创了这个办法，仍有三四次飞机完全不听指挥，一下子降了下去，然后倾斜。经过几分钟升降之后，机组人员才少许找到了些感觉，迫使飞机平稳了下来。

埃里克喘了一口气，他觉得他们还是有希望安全着陆的，只要能熟练地用节流杆控制飞机。不过，同时又有一个问题让埃里克很担心。飞机既然遭到一次袭击，还是很有可能遭到第二次袭击的。第一次没有打中机身使飞机立刻爆炸，第二次有没有这个运气谁能预料？

埃里克的担心不是没有道理。地面上，抵抗组织分子换了个地点准备进行第二次袭击，这只在空中盘旋难以控制的大鸟能否承受再一次无辜的重创，没有人知道。那些抵抗分子目露凶光，仿佛一群嗜血鬼一样，已经嗅到了肉的气味，迫不及待地想要饱餐一顿。第二枚导弹就是他们沾满鲜血的利爪，再一次向猎物伸出罪恶之手。

所幸的是，这枚导弹并没有给 A300 造成更大的打击。

抵抗组织分子们不甘心地相继离开了。克劳丁他们在司机的带领下试着找路回到巴格达，她抬头看见了正在着火的飞机，在空中盘旋着。

她感觉像是在看电影，一切都太不真实了，只有亲身经历才能零距离体会这种可怕。飞机上的人很有可能会死，克劳丁一辈子也忘不了这种感受，她受着无奈和愧疚的煎熬。"他们为什么要这样做，为什么偏偏要在她采访的时候做这件事，为什么选我们法国的记者？"思前想后，克劳丁才恍然大悟，他们自己被人利用了，然而一切都晚了。

"快点来人帮帮他们吧！"克劳丁望着在空中盘旋的飞机，在心里默默祈祷着。

飞机的情况让空管人员十分着急。于是，他们想到了联系正在机场附近巡逻的直升机以取得更详细的情况，这是一架美军阿帕奇武装直升机。

"你们说有架飞机起火了？"直升机驾驶员立即在雷达上搜寻飞机所在位置。

"发现了一家我方飞机，它的左机翼已经起火了。起火位置离发动机非常近。"驾

◎机长从直升机那里获得更确切的情报

◎副驾驶史蒂夫紧张得汗如雨下

驾员看见 A300 被炽热的火光包围着。

马里奥看见了一架直升机正朝他们飞过来，便想到了与其联系，上面的人肯定能清楚看到飞机哪里起火了。

"你能告诉我飞机到底有没有起火或者冒烟吗？"马里奥问。

"我看得很清楚，左翼上有火光。"直升机驾驶员连忙回答。

马里奥知道了液压失效的原因，情况危急，飞机将会越来越难控制。剩下的时间不多，再不返回机场他们就有危险了。

"看见机场了！"史蒂夫感觉看见了阳光。然而埃里克的心情反而更加紧张了，飞机究竟该怎么降落才能将风险降到最低，他的心里还没有详细的打算，这个状况太特殊了。

埃里克想不论飞机怎么降落，把起落架先放下再说。他们离地面越来越近了，要准备随时着陆。

"我替你一会儿吧！"史蒂夫见机长脸色凝重，怕他劳累过度，想接替他一会儿。

"不用，我能行！"埃里克勉强露出一丝微笑，拒绝了他的好意。即使他此时觉得疲惫也不能让别人来替他，换一个人就得重新开始摸索控制的技巧，没有那个时间了。

没有液压，马里奥需要转动曲柄打开起落架的舱门才能把机轮放下去。看似很正常的举动却引来了新的险情。随着起落架缓缓放下，一瞬间，飞机机头突然抬升，完全打破了好不容易维持的平衡。他们刚刚掌握的控制飞机技巧失去了作用。一时之间，驾驶舱的气氛就像是停止的钟摆，完全僵住了。

"不，不，速度慢了！"机头虽然抬升了，但更恐怖的是速度。可以想象如果没有找到应对措施，飞机会像爬到轨道顶端的过山车，在最高点静止然后突然迅速倒退。

飞机很有可能会坠毁。他们完全没有想到会出现这样的状况，埃里克一边扶着节流杆一边屏住了呼吸，手心里的汗水已把操作杆都浸湿了。

"情况很紧急，我们很可能会掉下去的。"史蒂夫眼睛都瞪圆了，大气都不敢喘一口，他知道这么难操控的飞机只要一个不留神就很可能坠毁，但是他内心还是很相信埃里克的能力的。

埃里克正在竭尽全力控制飞机，他已经有些疲惫，脸色开始泛白。

"尽量落在跑道上，当然在沙漠里也行，沙子可能会扑灭一些火。"直升机驾驶员

◎最后一个转弯后，飞机准备着陆

建议他们快一点儿降落。此时直升机除了向货机传达信息之外，其他任何忙都帮不上。

想要降落谈何容易？一番努力之后，他们用发动机重新掌握了平衡，刚才的失控险些让他们丧命，此时飞机容易控制一些了，速度也提了起来。埃里克他们不禁感叹自己的运气好。做好心理准备之后，埃里克准备让飞机降落了。

"现在要降落了。"

"跑道已经做好准备。"空管塔台此时已经做好应急准备，将跑道全部清空。但是除此之外，他们也没有别的忙可以帮，只能静静等待降落的那一刻。是喜是悲，谁也不能预料，只能听从命运的安排了。

"飞机好像飞得过高了。机翼上仍有火光。"直升机驾驶员让他们降低高度。

"加油伙计！"马里奥知道埃里克此时有多么不容易，他只能给他打打气了。坚持了这么久的确是一件幸运的事，这和埃里克的努力密切相关，真正的考验正要来临，如果最后一刻不能安全降落，前面所有的努力都将化为泡影。

"能帮我们清理 33 号跑道吗？我们可能在那里降落。"飞机仍在空中盘旋着，到达地面的时候并不能确定准确的降落位置，它需要尽可能多的地方为它随时待命。

"33 号跑道已清空并保持通畅，随时可以降落。"

导弹来袭

埃里克对自己保持着自信，只有这样他才有勇气继续努力下去。

"一号油箱没油了。"马里奥发现左机翼的几个油箱消耗过多，一个油箱已经空了。飞机也再一次发生倾斜。靠着发动机勉强撑到现在的飞机如果没有了油，那就等于被宣判死刑了。他们再也耗不起时间了，必须马上降落。

埃里克依靠出色的驾驶技巧在经历重重艰难险阻以后重新回到了机场的位置上并开始降落。

"起落架可能失去作用，请准备好灭火设备。"

"所有营救部门都已就位，所有人都已经高度戒备。"大家的注意力都很集中，只要飞机一降落，所有救援人员能马上采取措施。气氛越来越紧张了，成败只在一瞬间。埃里克心里的感觉就像溺水，压力让他喘不过气来，更让他奋力挣扎。

就在所有人都准备好迎接降落那一刻，时钟的秒针仿佛被人拉住了，寸步难移。情况不如人意地再次恶化了。飞机飞行的高度太高，很难落到合适的位置上，然而他们又必须着陆。

"太近了，需要再远一点儿。"史蒂夫的话很关键，虽然是机长所不愿意听到的，现在不能着陆。他们的位置太高，而水平距离又太近。强行降落飞机肯定会撞毁。

埃里克必须掉转机头，飞到距离跑道37公里的位置上，然后转弯，从足够的距离开始慢慢降落。

这无疑对于机上每一个人又是一次煎熬，飞机着陆的几率和慢慢耗去的时间一样越来越少了。可是如果没有继续飞出20英里然后掉头，就根本没有可能着陆了，等待他们的将只有坠毁和死亡。

"保持速度，保持速度！"史蒂夫连连提醒埃里克，现在不能出一点点的差错了，他们必须首先稳定速度，然后才能在飞机转回头的最恰当时机着陆，抓住那一点其实是非常困难的，尤其是在心理压力如此大的情况下。

"我知道，我正努力做呢！"埃里克已经是满头大汗，这件事故让他到了焦头烂额的地步。他知道速度稳定的重要性，可是做到这一点不是件容易的事。

机翼还在继续燃烧，要在机翼被毁之前的13分钟里安全着陆，对于技艺娴熟的埃里克来说还是有难度的。

"还是有点偏高，还有很远一段距离要飞，稳住！"空管人员密切关注着这架一直在盘旋的飞机和机上每一个人的人身安全。

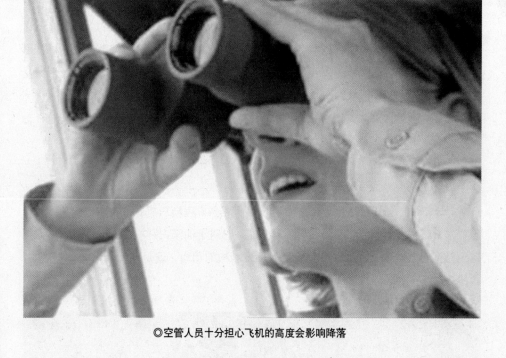

◎空管人员十分担心飞机的高度会影响降落

"难度虽然有些大，但我相信你能行！"听到马里奥这番话，埃里克心里那根紧绷的弦稍稍松弛了一些，从一开始他就很害怕、很担心，除了担心飞机之外还担心他的同伴对他没有信心。

时间一分一秒地流逝，大火正向机身蔓延。越是到了最后的关头往往越是让人心慌意乱。这架飞机在遭到飞来横祸之后，好不容易控制住了，但又接二连三地出现异常，飞机支撑不到 15 分钟了。导弹在机翼的后翼梁上撕开了一道几厘米长的裂口，脆弱的机翼很快就会断裂，而且左侧发动机的燃料严重不足。一旦耗尽，发动机就会熄火，飞机就会像被枪打中的鸟一样坠落下来。埃里克知道不能给他们保证什么，能不能撑到最后也不能肯定，他只能以一个机长的身份命令自己把能做的做到完全，就算自己牺牲也要尽力。

马里奥又想起了 1989 年一架大型客机试图在没有液压情况下着陆的案例，那是美国航空公司的航班的发动机爆炸后发动机的桨片刮断了飞机的液压管。机组人员像他们一样通过节流杆勉强暂时控制飞机。当时飞机上有 296 人。就在他们打算在美

导弹来袭

国艾奥瓦州苏城州立机场降落时，灾难发生了，111人遇难。日本波音747和这架大型客机都是因为失去液压而坠毁，共631人在事故中丧生。这样惨烈的数字怎能不让A300上的三个人心生忧虑？这两架飞机和他们一样只能通过发动机来控制飞机，可是没有成功，难道他们能出现奇迹？马里奥想着想着就思念起他的妻子和女儿来，在所剩无几的时间里，他默默在心里说着："我爱你们！"

现在，他们距离机场有45千米，埃里克准备转弯然后慢慢向跑道靠近。他小心地控制着飞机，渐渐靠近该转弯的位置。

"15.2。"

"16.5。距离27千米。"度数越来越近了。

"开始向右转。"什么时候该转弯对于埃里克来说完全只能靠经验和自己掌握的知识作出判断，他对回到机场的位置很有信心，这对于他来说并不难，但是能不能安全落到跑道上就难说了。埃里克加大了左侧发动机的动力，这是他们转弯的唯一途径，尽管燃油已经不够了。

◎飞机由于风的阻力导致偏离跑道

"机场方位三四,右转,现在三二。"史蒂夫盯着仪表盘,及时给埃里克提供信息。

"速度多少?"

"10节,速度稳定。300米,1 066米,开始直飞。"他们必须匀速降落,否则飞机就会坠毁。正常的降落速度是每小时300千米,然而他们由于水平位置有点高,所以速度每小时快了100千米,这么快的速度给降落带来了很大困难,因为起落架的承载力是有限的,速度过快可能会导致起落架损毁,那么飞机就很可能撞上地面。但好在现在速度能够稳定下来。

飞机离地面只有不到200米的距离了,埃里克他们都屏住呼吸等待着到达地面的那一刻,机场跑道就在眼前。然而天有不测风云,新问题又出现了。在到达120米高度时,地面附近的热气流和强风打乱了他们之前的计划,使他们偏离了原来的轨道向右偏,那里有很多建筑,给降落带来更多危险性。

这时的飞机很难控制,机头严重前倾,左翼也开始下坠。下降速度过大会飞过跑道,但若速度太慢又会偏离跑道。

此时消防车和医疗队都在他们要降落的地点33号跑道随时待命,这架经历了重重波折的飞机,能否坚持到最后?

创造奇迹

"看上去有点偏。加油，伙计。"直升机驾驶员一直鼓励着埃里克，他由衷地希望奇迹能够发生。

跑道就在脚下了，机组人员使尽所有能力做最后的冲刺，埃里克脸上的汗水顺着脸颊流了下来，白色的衬

◎史蒂夫

◎飞行员面对最后一刻生死的挑战

衫也被完全浸湿了，马里奥连面部肌肉都开始颤抖起来。

眼看飞机马上就要碰触到地面了，但它像喝醉了酒的醉汉似的在地面跌跌撞撞，左摇右晃，由于速度太快，起落架左边的一个轮子经不起摩擦已经坏了，这使飞机难以维持在跑道上了。

"冲到沙堆里了！"史蒂夫惊叫起来。三个人同时闭上眼睛，将头蒙在胳膊肘里，做好紧急姿势。

顿时，漫天飞沙遮住了整个飞机。这并非坏事，飞舞的狂沙不知不觉把飞机机翼上的火给扑灭了。随着巨大的摩擦声渐渐远去，飞机终于停了下来。

睁开眼睛，眼前的一切让埃里克等人简直不敢相信。他们不仅活着，而且是毫发未伤地活着！庆幸之余，他们决定赶紧离开飞机。

"降落得不错！"史蒂夫喜出望外，他没有想到他们有这样的运气。

"赶紧撤离！哦，我的天！"埃里克已经筋疲力尽了，趴在那儿有点儿动弹不得。但这样的结果对他来说是最好不过的了，自己的努力没有白费，他成功了！

史蒂夫和马里奥连忙架起埃里克往外走，他们的脸上洋溢着幸福的笑容，那是与死亡擦肩而过才能体会的一种境界。离他们不远的救援队立马启动了，埃里克他们还向救援者招手，重获新生使他们太兴奋了，想加快脚步快一点儿告诉人们这个惊心动魄的旅

◎消防队及时赶到

◎三人绝处逢生

◎消防员告诉他们附近埋有地雷

程。

　　然而，具有讽刺意味的是，刚刚安全落到地面的他们不得不面临另一个威胁。

　　"嘿，伙计们，快别动。"一名消防员将头探出消防车外向他们挥手，他的脸上没有丝毫喜悦，反而有一些凝重。这让埃里克他们迷惑不解，但他们立即下意识地停住了脚步。

　　"这个地区埋有地雷，大家都千万不要动！"消防员用力挥着手，生怕他们看不见。

　　美国人为了避免伊拉克人的袭击，在机场附近埋设了很多地雷。

　　"什么？"埃里克他们心里又一紧，怎么危险还是没有离他们而去呢，这真是天大的笑话。但值得庆幸的是走了这么多步，他们还没有踩到地雷。

　　"我们过来接你们，给你们做后盾。"消防车缓缓向他们开过来，"你们要踩着汽车的车印过来。我们会带你们出去，但千万别踩轮胎以外的地方，懂了吗？"